Eachtraí Asail

Comtesse de Ségur

Leagan Gaeilge ag Domhnall Ó Cearbhaill

EACHTRAÍ ASAIL

Mémoires d'un Âne (1860)

Eagarthóir: Nollaig Mac Congáil

Eachtraí Asail

Foilsithe in 2023 ag

ARLEN HOUSE
42 Grange Abbey Road
Baldoyle
D13 A0F3
Éire
Fón: 00 353 86 8360236
Ríomhphost: arlenhouse@gmail.com
www.arlenhouse.ie

978–1–85132–288–6, bog

Dáileoirí idirnáisiúnta/International distribution
SYRACUSE UNIVERSITY PRESS
621 Skytop Road, Suite 110
Syracuse
New York 13244–5290
USA
Fón: 315–443–5534
Ríomhphost: supress@syr.edu
www.syracuseuniversitypress.syr.edu

Clóchur ¦ Arlen House

Saothar ealaíne an chlúdaigh: Pauline Bewick

Tá Arlen House buíoch de
Chlár na Leabhar Gaeilge
agus d'Fhoras na Gaeilge

Clár

Domhnall Ó Cearbhaill

Ba dhuine tábhachtach é Domhnall Ó Cearbhaill (1891–1963) in Athbheochan na Gaeilge i bhfichidí, i dtríochaidí agus i ndaichidí an chéid seo caite a ndearnadh dearmad ar ar chuir sé i gcrích ar son na Gaeilge. Ba dhuine é, áfach, a choinnigh ábhar ilghnéitheach, spéisiúil léitheoireachta as Gaeilge leis na nuachtáin náisiúnta Bhéarla i rith na mblianta fada i ndiaidh bhunú an tSaorstáit. Rinne sé ábhar iriseoireachta, léinn, oideachais, aistriúcháin agus béaloidis a sholáthar go rialta nuair a bhí an éadáil chéanna ar an ngannchuid as Gaeilge. Tá iarracht déanta le roinnt blianta anuas leis an gcreidiúint atá tuillte aige a thabhairt dó.[1] Más mall, is mithid.

Domhnall Ó Cearbhaill agus a Chuid Aistriúchán

In 1926 bunaíodh scéim Rialtais, An Gúm, chun téacsleabhair scoile agus ábhar eile léitheoireachta a fhoilsiú i nGaeilge.[2] Foilsíodh saothar cruthaitheach as Gaeilge ach chonacthas nach raibh go leor den chineál sin á tháirgeadh ar chaighdeán sách ard a raibh éagsúlacht ábhair agus stíle ann chun lón léitheoireachta a sholáthar do phobal agus do lucht foghlama na Gaeilge a bhí ag dul i líonmhaireacht de bharr pholasaí an rialtais úir agus le heolas an bhealaigh a thabhairt do scríbhneoirí na Gaeilge i dtéarmaí litríochta. Díríonn Philip O'Leary ar an gceist seo i leabhar dá chuid:

> There was certainly nothing new in the idea that Gaelic writing might benefit from a judicious infusion of translated work as the language and its literature were being revived and recreated in the first decades of this century ... Translations were published in book form and appeared regularly in virtually every Gaelic journal both before and immediately after independence ... Writers saw translation as one way ... to introduce Gaelic readers to the wider literary and cultural world beyond the Irish Sea, or perhaps better the English Channel. This view of translation as a means of bringing Irish speakers out of the provincialism imposed on them by Anglicisation remained a key element in the progressive programme[3] throughout the 1920s and 1930s.[4]

Tosaíodh ar scéim aistriúcháin an Ghúim ó dheireadh na bhfichidí go dtí tús na ndaichidí ach go háirithe agus rinneadh an t-uafás leabhar liteartha a aistriú go Gaeilge faoin scéim sin. Chuaigh cuid mhaith scríbhneoirí cáiliúla Gaeilge i mbun obair an aistriúcháin, go lánaimseartha agus go páirtaimseartha.[5] Ba í príomhobair na scéime ná aistriúchán a dhéanamh ar théacsanna ó thíortha eile.[6]

Rinne Domhnall Ó Cearbhaill a chion féin ó thaobh an aistriúcháin de. Rinne sé cúig leabhar a aistriú agus a chur i gcló, ceann amháin a foilsíodh mar leabhar, mar atá,

Roibin Húid is a Cheatharnaigh Coille,[7] agus ceithre cinn eile nár foilsíodh riamh mar leabhair. Aistriúchán ón bhFraincis a bhí i bpéire acu: *Eachtraí Asail* a foilsíodh ins an *Irish Weekly Independent* gach seachtain ar feadh 45 seachtaine ó thús mhí Lúnasa 1931[8] go dtí deireadh mhí an Mheithimh 1932[9] agus *Eirlinn na n-Eacht* a foilsíodh ins an *Irish Weekly Independent* gach seachtain ar feadh 34 seachtaine ó mhí Dheireadh Fómhair 1932 go dtí mí an Mheithimh 1933.

D'aistrigh sé saothar eile ón bhFraincis chomh maith *Sain Germain na Fraince* a foilsíodh ins an *Irish Weekly Independent* gach seachtain ar feadh 15 seachtaine ó mhí Iúil 1932 go dtí mí Dheireadh Fómhair 1932. D'aistrigh sé scéal 'Crann Coille' a foilsíodh san *Irish Weekly Independent* gach seachtain ar feadh 16 seachtaine ó thús mhí Eanáir go dtí deireadh an Aibreáin 1934.

D'aistrigh sé *Sinbead Siúlach* a foilsíodh san *Irish Weekly Independent* gach seachtain ar feadh 24 seachtaine ó 9/12/1939 go dtí 25/5/1940.[10]

Ba é *Scéal an Mhachaire Mhóir* an scéal ab fhaide a d'aistrigh sé. Leabhar iomlán, a foilsíodh ins an *Irish Weekly Independent* ar feadh 103 seachtaine, beagnach dhá bhliain, ó thús mhí Iúil 1929 go dtí tús mhí Lúnasa 1931. Is leabhar faoi bhuachaillí bó atá sa leabhar sin agus is trua nár foilsíodh mar leabhar é nó chuirfeadh sé go mór le héagsúlacht lón léitheoireachta lucht na Gaeilge go háirithe do dhaoine óga.

D'aistrigh sé scéalta le Hans C. Anderson, le O. Henry agus le Oliver Goldsmith. Foilsíodh aiste ghearr leis ins an *Sunday Independent* i mí Eanáir 1924, 'Asal an tSean-Duine' ba theideal don aiste. Aistriúchán a bhí ann ar chaibidil as leabhar le Sterne – *A Sentimental Journey*.

Rinne sé athinsint ar *An Fear Sona* le Anton Chekhov ón Rúisis agus ar *Staighre an Fhathaigh* le Crofton Croker. Chuir sé a leagan féin chomh maith ar scéalta ón iasacht, scéalta ón bhFrainc agus ar scéalta i dtaobh Naomh Pádraig.

Bhí éagsúlacht mhór ábhair i gceist lena shaothar aistriúcháin agus bhí tábhacht ar leith ag baint leis na scéalta sin a chur i gcló ag an am. Ní raibh fáil ar an gcineál sin scéalta i nGaeilge agus ba scéalta iad a gcuirfeadh daoine áirithe spéis iontu. Chruthaigh an t-ábhar sin ar fad ardán don Ghaeilge i meán náisiúnta Béarla agus chuidigh siad le spéis an phobail a chothú go rialta sa teanga.

Chuir Domhnall aiste i gcló san *Sunday Independent* i 1922[11] faoi thairbhe an aistriúcháin agus mar is léir óna chlár saothair bhí sé ag aistriú scéalta éagsúla ón mbliain sin ar aghaidh.

TAIRBHE AN AISTRIÚCHAIN

Más áil linn teanga liteartha a dhéanamh den Ghaeilge ní mór seoda litríochta an domhain a aistriú i dtreo is go mbeidh an teanga sin [bonn ar bhonn le] teangacha eile, i dtreo is go dtuigfidh Gaeilgeoirí is scríbhneoirí Gaeilge cad is litríocht ann is go ndéanfar gníomh dá réir. Ón am a tosaíodh le hobair athbheochan ár dteanga ní raibh scríbhneoirí ach ag útamáil sa dorchadas agus ag tógáil tithe ar ghaineamh. Ní raibh *standard* ceart acu. Níor chuir éinne bunchloch ár litríochta go fóill. B'fhéidir nach ceart dom sin a rá. Tá a lán déanta ach cé a déarfadh nach bhfuil a lán lán eile le déanamh sula mbeidh sé ar ár gcumas a rá go bhfuil beolitríocht sa Ghaeilge agus í ag borradh is ag méadú ó lá go lá. Is mó ceacht fónta atá le foghlaim óna bhfuil déanta den dea-obair cheana féin.

Sa chéad dul síos is cinnte nár thosaigh Turgenev ná Dostoevsky Gaelach ag scríobh na Gaeilge go fóill. Caithfimid fanacht nó go dtiocfaidh sé. Tagann gach maith le cairde, a deirtear. Cad is féidir dúinn a dhéanamh a fhad is a bheimid ag feitheamh? Gearrscéalta is scéalta fada ón iasacht is mó a dhéanfaidh maitheas dúinn agus a chuirfidh ar ár leas sinn. Is léir go dtuigeann a lán scríbhneoirí gur tiontú ó theangacha iasachta is mó atá in easnamh orainn faoi láthair. Táthar ag déanamh an tsoláthair.

Rinne Domhnall a chion féin le hábhar litríochta ón iasacht a sholáthar faoi chulaith Ghaeilge ar feadh fiche bliain. Agus is breá go bhfuil fáil ag pobal léitheoireachta na Gaeilge ar an scéal spéisiúil *Eachtraí Asail* faoi dheireadh.[12]

La Comtesse de Ségur
Nóta Beathaisnéise

Rugadh La Comtesse de Ségur (née Sofiya Feodorovna Rostopchina) ar an gcéad lá de mhí Lúnasa, 1799 sa Rúis áit ar chaith sí blianta a hóige. Duine cumhachtach in arm agus i rialtas na Rúise a bhí ina hathair ina lá. Sa bhliain 1814 d'fhág an teaghlach an Rúis agus chuaigh ar imirce chun na Fraince. Bhunaigh an t-athair *salon* ansin agus rinneadh Caitlicigh dá bhean agus dá iníon. Casadh an Comte de Ségur ar an iníon Sofiya ansin agus pósadh iad ar 14 Iúil, 1819. Rugadh ochtar clainne dóibh ach ní raibh an caidreamh idir an bheirt thar mholadh beirte. B'fhéidir gurbh é sin a spreag i gceann pinn í, é sin agus a creideamh láidir agus a gean ar a cuid páistí agus garpháistí ar dhírigh sí a cuid scríbhneoireachta orthu. Scríobh sí a céad úrscéal nuair a bhí sí beagnach seasca bliain d'aois. Foilsíodh leabhair léi – ocht gcinn déag ar fad – ó 1857 go dtí 1872. Tá a cuid leabhar dírithe ar pháistí agus teagasc morálta atá chun tosaigh go láidir iontu. Sin cúis amháin a raibh ráchairt mhór ar a saothar ina ham féin agus ó shin i leith, gan trácht ar a bua scríbhneoireachta agus tarraingteacht a cuid plotaí do pháistí. Fuair sí bás i bPáras ar 9 Feabhra nuair a bhí ceithre bliana is seachtó slánaithe aici.

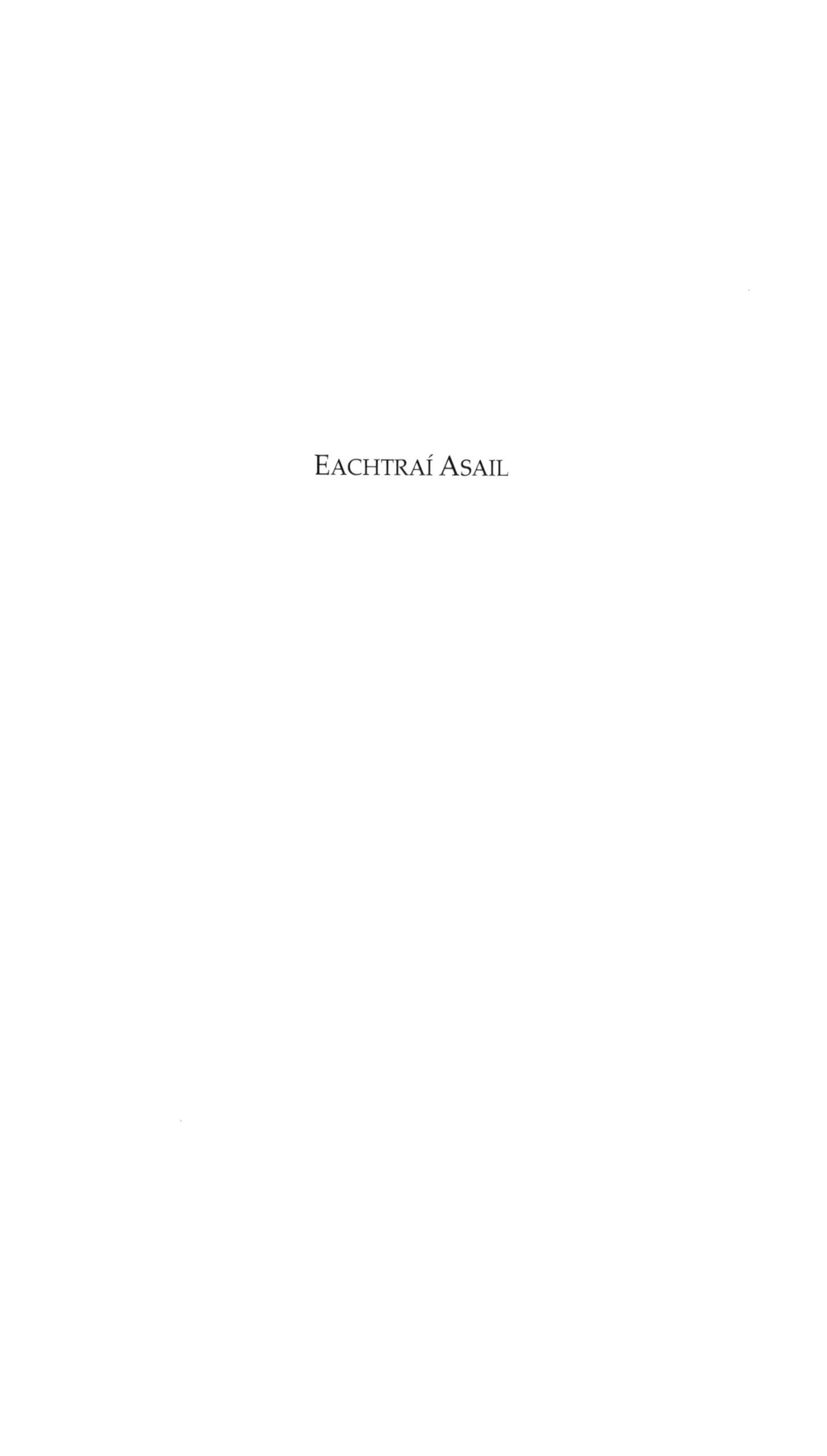

Eachtraí Asail

AN MARGADH

Ní cuimhin liom anois an uair a bhí mé beag bídeach ach ní foláir nó bhí an mí-ádh orm dála na n-asal eile. Táim cinnte go raibh mé lán de mheanma mar is féidir liom sin a mhothú i mo chnámha fós agus mé sean. Ba mhinic mé ró-ghlic do mo mháistrí agus iad á cheapadh nach raibh ciall ar bith agam.

Tosóidh mé gan a thuilleadh moille ag cur síos ar chleas a d'imir mé le linn m'óige

Ní heol duit, is dócha, go mbíonn margadh i mBaile an Locha gach Máirt. Díoltar glasraí, im, uibheacha, cáis agus úlla ar an margadh sin. Lá mór oibre an Mháirt d'asail an cheantair sin. Ba ghráin liom an lá sin sular cheannaigh an mháistreás chineálta atá agam anois mé.

Ba le feirmeoir mé an t-am úd agus bhí sé féin is a bhean go míthrócaireach – go mór mór an bhean. Chuireadh sí im is uibheacha is úlla is cabáiste gach seachtain i gciseáin is chuireadh suas ar mo dhroim iad.

Nuair a bhíodh ualach trom go leor orm théadh an drochbhean féin in airde ar mo dhroim is thiomáineadh mé ar sodar go dtí an margadh i mBaile an Locha, trí mhíle ón bhfeirm. Bhínn ar buile le fearg ach bhíodh eagla orm roimh an mbata; bhíodh bata mór lán d'fhadhbanna ag an gcailleach agus ghortaíodh sí go mór mé. Nuair a d'fheicinn í ag déanamh réidh don mhargadh, bhínn ag osnaíl, ag cneadach agus ag glaoch chun a croí a bhogadh.

'Anois, a ghiolla na leisce,' a deiridís liom, 'fan socair agus ná bí dár mbodhrú le do 'Hí, Heá, Hí, Heá!' Nach binn do chuid ceoil! A Sheáinín, a mhic, beir leat an t-asal gan mhaith sin go dtí an doras chun go gcuirfidh do mháthair ualach air. Ciseán uibheacha! Ciseán eile! An cháis, an t-im agus an cabáiste. Sin é é! Gheobhaimid roinnt airgid ar an ualach sin. A Mháire, a chuid, faigh cathaoir dom chun dul suas. Tá go maith. Tá go maith. Slán leat, a bhean, agus seo é do bhata agus bain feidhm as. Buille! Buille! Sin é é. Cuirfidh an bata ag bogadh é. Buille! Buille!'

Ní bhíodh an bata sin nóiméad gan teacht anuas ar mo dhroim, ar mo mhuineál nó ar mo lorgaí. Chuaigh mé ar aghaidh go breá – ar cosa in airde nach mór. Níor stad an bhean ach do mo léasadh. Bhí mé ar buile le fearg. Rinne mé iarracht ar mo mháistreás a chaitheamh uaim ach bhí ualach ró-throm orm. Thosaigh mé do m'únfairt is do mo chroitheadh féin agus ba ghearr gur chuala mé í ag titim.

'A bhithiúnaigh bhradaigh! A chladhaire chaim! Brisfidh mé do chnámha leis an mbata.'

Bhuail sí chomh trom mé gur ar éigean a d'fhéad mé siúl go dtí an baile mór. Bhí mé sáraithe, tinn nuair a shrois mé an margadh. Baineadh na ciseáin de mo dhroim bocht is cuireadh ar an talamh iad. Cheangail mo mháistreás de ghallán mé is chuaigh isteach i dteach ósta is d'fhág ansin mé gan sop féir ná deoir uisce agus mé ag titim leis an ocras is leis an tart.

I gceann tamaill leag mé súil ar an gciseán cabáiste is d'ith mé mo dhóthain mór. Níor bhlais mé riamh aon rud chomh milis. Bhí an greim deireanach á chogaint agam nuair a tháinig mo mháistreás ar ais. Chonaic sí an ciseán folamh is ghlaoigh amach. Bhí a fhios aici go maith gur ormsa a bhí an milleán. Ní chuirfidh mé síos anseo an rud a dúirt sí. Bhí sí drochmhúinte agus nuair a bhíodh fearg uirthi chuireadh a cuid cainte luisne i mo leicne gí nach bhfuil ionamsa ach asal. Ní dúirt mé faic ach mo dhroim a chasadh léi. Thug sí léasadh mór eile dom. Bhris ar an bhfoighne agam sa deireadh is thug mé trí chic di. Bhris an chéad chic a srón is dhá fhiacail, bhris an dara cic a lámh, is leag mé í leis an treas cic. Rith scata fear chugam is thug siad léasadh uafásach dom. Thóg siad mo mháistreás suas is fágadh mé ansin, ceangailte den ghallán, is an t-im, is na huibheacha is rudaí eile caite ar an talamh. D'fhan mé scaitheamh fada mar sin gan chorraí. D'ith mé ciseán eile cabáiste ansin. Ghearr mé an téad a bhí do mo cheangal le m'fhiacla agus thug mé mo bhóthar abhaile orm.

Bhí ionadh ar na daoine a casadh orm ar an mbóthar mé a fheiceáil i m'aonar.

'Féach an t-asal sin agus an téad briste,' arsa duine acu. 'Tá sé ar fán.'

'B'fhéidir go raibh an créatúr tuirseach den sclábhaíocht,' arsa duine eile.

'Níl aon ualach ró-throm ar a mhuin,' arsa an tríú duine.

'Ní foláir nó rinne sé botún éigin,' arsa an ceathrú duine.

'Beir air, a Thomáis,' arsa bean lena fear, 'agus cuirfimid an garsún suas ar a mhuin.'

'Tig leat féin marcaíocht air chomh maith,' arsa an fear.

Theastaigh uaim a chur in iúl dóibh go raibh mé cneasta, cineálta agus chuaigh mé faoi dhéin na mná agus sheas mé go ciúin, macánta lena hais agus lig mé di dul suas ar mo mhuin.

'Níl aon dealramh ró-olc air,' arsa an fear agus é ag cabhrú lena bhean dul suas orm.

Bhí trua i mo chroí dó. 'Ró-olc!' Is iad na buillí míthrócaireacha agus an drochíde a chuireann an t-olcas is an diabhal ionainn. Má bhítear cineálta linn, bímid mín, macánta dá réir.

D'iompair mé an bhean is a leanbh abhaile. Garsúinín an-deas ab ea é timpeall a dhá bhliain d'aois. Is mó barróg a thug sé dom agus theastaigh uaidh mé a choimeád. Ach cheap mé nach mbeadh sin ceart. Cheannaigh mo mháistir mé agus ba leis mé. Bhris mé srón is fiacla is lámh mo mháistreása agus thug mé cic di agus bhí sin tuillte aici. Ba léir dom go raibh an mháthair chun géilleadh dó agus léim mé uaithi sular fhéad sí breith orm agus as go brách liom abhaile.

Máire, iníon an fheirmeora, a chonaic mé ag teacht.

'Seo chugainn an t-asal. Nach luath a tháinig sé ar ais! A Sheáinín, tar anseo agus bain an diallait de.'

'Sea, an rascail,' arsa sé go dúr. 'Bíonn duine i gcónaí ag tabhairt aire dó. Cén fáth gur tháinig sé ar ais leis féin? Mise i mbannaí gur éalaigh sé ó mo mháthair. A chladhaire chaim,' arsa sé liom is thug sé cic dom sna lorgaí. 'Más amhlaidh gur éalaigh tú tabharfaidh mé léasadh mór duit.'

Baineadh an tsrian is an diallait díom agus as go brách liom. Ar éigean a bhí mé sa pháirc nó gur chuala mé liú i mo dhiaidh ón teach. Chuir mé mo cheann thar an bhfál agus chonaic mé go rabhthas tar éis bean an fheirmeora a thabhairt ar ais; na leanaí a bhí ag béicíl. Chuir mé cluas orm agus chuala mé Seáinín ag labhairt lena athair.

'A athair, tá mé chun fuip mhór a fháil, ceanglóidh mé an t-asal de chrann agus léasfaidh mé é go dtite sé.'

'Tá go maith, a mhic, ach ná maraigh é. Bheadh an t-airgead a thugamar air caillte againn. Díolfaidh mé é ag an gcéad aonach eile.'

Nuair a chonaic mé Seáinín ag rith go dtí an stábla chun an fhuip a fháil thosaigh mé ag crith leis an eagla. Ní raibh nóiméad le spáráil agam agus ba chuma liom anois mar gheall ar an airgead a thug siad orm. Rith mé go dtí fál na teorann agus leis an sciuird reatha a bhí orm bhris mé poll ann ag dul amach. Rith mé chomh mear is a d'fhéad mé é ar feadh i bhfad mar cheap mé go mbeidís ar mo thóir. Stad mé i ndeireadh na dála mar bhí mé traochta. Chuir mé cluas orm ach níor chuala mé aon rud. Chuaigh mé suas ar chnocán ach ní fhaca mé duine ar bith. Bhí mé saor ó na feirmeoirí gránna sin.

'Ach,' arsa mé liom féin, 'cad atá i ndán dom? Má fhanaim sa chomharsanacht seo béarfar orm agus tabharfar ar ais chun mo mháistir mé. Cad a dhéanfainn? Cá rachainn?'

An Tóir

D'fhéach mé i mo thimpeall: bhí mé i m'aonar is mé go brónach; bhí na deora ag teacht i mo shúile nuair a thug mé faoi deara go raibh mé ar chiumhais coille móire.

'Nach orm atá an t-ádh,' arsa mé liom féin. 'Gheobhaidh mé féar úr is uisce is caonach san fhoraois. Fanfaidh mé anseo go ceann roinnt laethanta agus ansin bainfidh mé foraois eile amach níos faide fós ó fheirm mo mháistir.'

Chuaigh mé isteach sa choill agus d'ith mé mo dhóthain den fhéar agus d'ól mé deoch as tobar fíoruisce. Luigh mé síos faoi scáth crainn nuair a tháinig an dorchadas agus chodail mé go sámh go maidin.

Maidin lá arna mhárach nuair a bhí mo dhóthain ite is ólta agam bhí mé lánsásta liom féin.

'Táim slán ó bhaol anseo,' arsa mé. 'Ní bhfaighidh siad go deo mé agus, i gceann cúpla lá agus an tuirse curtha díom, imeoidh mé níos faide fós uathu.'

Le linn dom a bheith ag machnamh mar seo chuala mé gadhar ag tafann; thosaigh an dara gadhar ansin agus ba ghearr gur chuala mé an chonairt ar fad.

Tháinig eagla orm; d'éirigh mé is chuaigh mé go dtí sruthán i ngar dom. Ar éigean a bhí mé san uisce nó gur chuala mé Seáinín ag glaoch orthu.

'Haí, a mhadraí!' a dúirt sé. 'Faighigí dom é, bainigí greamanna as agus tabharfaidh mé féin léasadh maith den fhuip dó.'

Ba dhóbair dom titim i laige leis an scanradh; cheap mé ansin go mba mhaith an rud é siúl san uisce mar nach bhfaigheadh na gadhair mo bholadh ann. Rith mé síos tamall san uisce agus tráthúil go leor bhí sceacha móra ag fás ar an bport. Shiúil mé romham tamall fada gan sos. Ar éigean a d'fhéad mé tafann na ngadhar a chloisteáil ar aon chor ná glór an gharsúin. Bhí mé saor arís.

Bhí saothar orm agus bhí mé traochta, lag. Stad mé nóiméad chun deoch a fháil is roinnt duilliúir a ithe. Bhí mé préachta leis an bhfuacht ach níor fhéad mé dul suas as an uisce ar eagla go dtiocfadh na gadhair orm. As go brách liom arís feadh an tsrutháin agus lean mé den chúrsa sin nó gur fhág mé an fhoraois i mo dhiaidh. Tháinig mé go dtí páirc mhór mar a raibh timpeall le leathchéad mart ag innilt ar an bhféar. Luigh mé síos i gcúinne na páirce faoin ngrian. Níor chuir na mairt suim ar bith ionam agus d'ith mé mo dhóthain gan aon chur isteach orm.

An tráthnóna sin tháinig beirt fhear isteach sa pháirc.

'A Sheáin,' arsa an té ab airde, 'an gcuirfimid na mairt isteach sa bhuaile anocht? Deirtear go bhfuil faolchúnna sa choill.'

'Faolchúnna! Cé a dúirt an raiméis sin leat?'

'Tá sé ráite sa bhaile mór gur tháinig faolchú is gur sciob sé asal breá leis ó Fheirm na gCloch.'

'Raiméis! Ní chreidim a leithéid. Tá muintir na feirme sin chomh dona sin gur dóichí ná a chéile gur mharaigh siad an t-asal bocht leis an mbata.'

'Mar sin féin is fearr na beithígh a thiomáint isteach.'

'Déan do rogha rud. Is cuma liom.'

Níor chorraigh mé ón gcúinne ar eagla go bhfeicfí mé. Bhí an féar go hard agus ní fhaca siad mé. Tráthúil go leor ní raibh na beithígh i ngar dom agus ba ghearr go raibh siad as an áit.

Ní raibh aon eagla orm roimh mhac tíre. Ormsa a bhí an bheirt ag trácht agus ní fhaca mé oiread is eireaball mac tíre san fhoraois i gcaitheamh na hoíche. Chodail mé go sámh is bhí an bricfeasta ite agam nuair a thiomáin dhá mhadra mhóra an tréad mart ar ais.

D'fhéach mé orthu gan gíog asam ach rith ceann de na madraí faoi mo dhéin is é ag glamaíl, agus lean an madra eile é. Bhí mé i gcruachás. Siúd liom díreach faoi dhéin an fháil agus amach thairis liom de léim. Chuala mé liú ansin ó dhuine de na fir ag glaoch ar na madraí. Rith mé romham go dtí foraois eile tríocha míle ó fheirm mo mháistir. Níor aithin duine ar bith mé agus ní raibh eagla orm go dtabharfaí ar ais mé.

Chaith mé mí sa choill seo; bhí mé uaigneach anois is arís ach is fearr an t-uaigneas ná an t-imreas agus bhí an t-ádh orm nó gur thosaigh an féar ag triomú is ag dul i laghad. Bhí an duilliúr ag titim agus níor fhéad mé aon áit thirim chun luí i gcaitheamh na hoíche a aimsiú. Bhí mé préachta leis an bhfuacht mar bhíodh sioc ann ins an oíche.

'Mo bhrón, mo bhrón!' arsa mé liom féin. 'Cad atá i ndán dom? Má fhanaim san áit seo gheobhaidh mé bás cinnte den ocras is den tart. Ach cá rachaidh mé? Cé a ghlacfaidh liom?'

Na Máistrí Úra

I gceann tamaill chuimhnigh mé ar sheift chun áit chónaithe a bhaint amach dom féin. D'fhág mé an choill is thug mé aghaidh ar shráidbhaile i ngar don choill. Chonaic mé teach beag, glan agus gan aon teach eile in aice leis. Bhí bean ina suí ag an doras agus í ag sníomh. Bhí cuma an bhróin is an chineáltais uirthi. Suas liom chuici agus leag mé mo phus ar a gualainn. Bhain mé geit aisti agus d'éirigh sí de phreab. Níor chorraigh mé ach d'fhéach mé uirthi agus mian i mo chroí is i mo shúile.

'A bheithígh bhoicht,' arsa sí sa deireadh, 'créatúr cneasta is ea thú de réir cosúlachta. Más amhlaidh nach dtagann éinne do d'éileamh ba bhreá liom tú a bheith agam mar fuair m'asal féin bás le gairid. Dá mbeifeá agam thabharfá glasraí go dtí an margadh dom. Ach ní foláir nó tá máistir agat cheana.'

Lig sí osna tar éis an chaint sin a rá.

'Cé leis a bhfuil tú ag caint?' arsa duine beag istigh.

'Tá mé ag caint le hasal atá díreach tar éis a cheann a chur ar mo ghualainn agus tá sé ag féachaint orm chomh cneasta sin anois nach ligeann mo chroí dom an ruaig a chur air.'

'Lig dom é a fheiceáil. Déan, a sheanmháthair,' arsa an duine beag arís.

Chonaic mé ansin garsún beag, deas a sé nó a seacht de bhlianta d'aois. Garsún deas, néata é gí go raibh a bhalcaisí éadaigh caite. D'fhéach sé orm go cúthail.

'An bhfuil cead agam cuimilt bhoise a thabhairt dó, a sheanmháthair?' arsa sé.

'Ó, tá, a Sheoirse, a chuid, ach ná lig dó greim a bhaint asat.'

Shín an garsún bocht a lámh amach ach bhí sé ró-fhada uaim. Shiúil sé chugam go mall is thug cuimilt bhoise do mo dhroim. Níor chorraigh mé ar eagla go gcuirfinn faitíos air. Ní dhearna mé ach mo cheann a iompú agus a lámh a lí.

'Ó, a sheanmháthair, tá an t-asal seo an-chineálta; tá sé tar éis mo lámh a lí.'

'Is ait an rud é go bhfuil sé ina aonar. Cá bhfuil a mháistir? A Sheoirse, téirigh go dtí an sráidbhaile agus fiafraigh de lucht an tí ósta cé leis é. B'fhéidir go bhfuil a mháistir ar a lorg.'

'An dtabharfaidh mé liom an t-asal, a sheanmháthair?'

'Ní leanfaidh sé thú; lig dó a rogha rud a dhéanamh.'

As go brách le Seoirse agus siúd ina dhiaidh mise ar sodar. Chonaic sé mé á leanúint is d'fhan liom. Thug sé cuimilt bhoise dom arís agus dúirt: 'Ós rud é go bhfuil tú do mo leanúint b'fhéidir nár mhiste leat mé a ligean suas ar do mhuin.'

Léim sé suas orm is ghlaoigh amach: 'Hup, a asailín! Hup, a asailín!'

Ar aghaidh liom ar sodar agus thaitin sin go mór le Seoirse.

'Stad! Stad!' arsa sé nuair a thángamar go dtí doras an tí ósta. Stad mé ar an bpointe. Léim sé síos is d'fhan mé i mo cholgsheasamh díreach is dá mbeadh laincis orm.

'Céard atá uait, a gharsúin?' arsa fear an tí ósta.

'Tháinig mé chun a fhiafraí díot an leatsa an t-asal seo agam nó le duine de lucht an tí?'

Tháinig an t-óstóir go dtí an doras agus d'fhéach orm: 'Ní liomsa é, a gharsúin, agus ní le héinne anseo é. Téirigh siar tamall eile agus ceistigh na daoine.'

Chuaigh Seoirse suas ar mo mhuin arís agus as go brách liom ar sodar. Ghabhamar ó dhoras go doras agus dúirt gach duine nár leis mé. Ní fhaca duine acu riamh mé go dtí sin agus ar ais arís linn go dtí an áit a raibh an tseanbhean ina suí ag sníomh ag an doras.

'A sheanmháthair,' arsa Seoirse, 'ní le duine ar bith sa sráidbhaile an t-asal seo. Céard a dhéanfaimid leis? Ní chorróidh sé uaim agus má chuireann duine ar bith eile lámh air léimeann sé uaidh.'

'Más mar sin atá an scéal, a Sheoirse, ní cóir dúinn é a fhágáil amuigh anseo. Cuir isteach sa stábla é is tabhair gabháil féir is galún uisce dó. Tabharfaimid linn é go dtí an margadh amárach agus b'fhéidir go gcasfaidh a mháistir orainn.'

'Agus mura gcasann an máistir orainn?'

'Coimeádfaimid é nó go dtiocfaidh duine éigin á éileamh. Ní cóir an beithíoch bocht a fhágáil chun bás a fháil leis an bhfuacht agus b'fhéidir go bhfaigheadh drochdhaoine é is go dtabharfaidís drochíde don chréatúr.'

Thug Seoirse roinnt féir is uisce dom is cuimilt bhoise. Dúirt sé leis féin agus é ag dúnadh an dorais: 'B'fhearr liom ná rud maith gan máistir a bheith aige. D'fhanfadh sé linne ansin.'

Maidin lá arna mhárach thug Seoirse bricfeasta dom, chuir adhastar orm is thug go dtí doras an tí mé. Chuir an tseanbhean diallait éadrom ar mo mhuin is chuaigh suas uirthi. Thug Seoirse amach ciseán glasraí is chuir ar ghlúine na mná é. As go brách liom ansin go dtí an margadh. Fuair sí suim mhaith airgid ar na glasraí. Níor aithin duine ar bith mé agus chuaigh mé ar ais go dtí mo mháistir nua.

D'fhan mé leo go ceann ceithre bliana is ba bhreá an saol a bhí agam. Ní dhearna mé dochar d'éinne agus thug mé an-aire do mo ghnó. Bhí cion mór agam ar mo mháistir óg: níor bhuail sé buille orm riamh. Ní raibh an iomarca le déanamh agam agus tugadh mo dhóthain le hithe dom i gcónaí.

Bhíodh obair nár thaitin liom le déanamh agam corruair. Thugadh mo mháistreás mé ar iasacht do leanaí an Tí Mhóir. Bhí sí bocht, tá a fhios agat, agus na laethanta nach mbíodh puinn le déanamh aici dom, d'fhaigheadh sí airgead ó mhuintir an Tí Mhóir ach mé a thabhairt ar iasacht dá gcuid leanaí. Ní raibh siad sin cineálta i gcónaí agus seo mar a tharla ceann de na laethanta sin.

An Droichead

Bhí sé asal againn in aon líne amháin i gclós agus bhí mé féin ar an asal ba láidre. Tháinig cailíní chugainn agus coirce acu dúinn. Le linn dúinn a bheith ag ithe chuala mé na leanaí ag caint.

'Toghaimis ár n-asail anois,' arsa duine acu. 'Beidh an ceann seo agamsa,' agus shín sé a mhéar chugam.

'Bíonn an t-asal is fearr agatsa i gcónaí,' arsa an cúigear eile d'aon ghuth. 'Cuirimis ar chrainn é.'

'Conas a d'fhéadfaimis sin a dhéanamh, a Chearbhaillín?' arsa sé. 'Ní féidir na hasail a chur i mála, ar ndóigh, agus iad a tharraingt amach mar a dhéanfá le cártaí.'

'Há, há, há,' gháir Antoin. 'Nach amaideach an chaint sin agat. Na hasail i mála! Nach féidir linn uimhreacha a chur orthu, a haon, a dó, a trí, a ceathair, a cúig, a sé, agus na huimhreacha a chur i mála agus iad a tharraingt amach i ndiaidh a chéile.'

'Tá sin ceart,' arsa na daoine eile. 'A Earnáin, scríobh na huimhreacha ar ghiota páipéir agus scríobhfaimid iad ar dhromanna na n-asal.'

'Níl splanc ag na leanaí seo,' arsa mé liom féin. 'Dá mbeadh ciall asail acu chuirfidís sinn i líne le hais an bhalla agus ní bheadh orthu ach a haon, a dó, a trí, a ghlaoch orainn.'

Fuair Antoin píosa mór cailce. Mise ba ghaire dó agus rinne sé 1 mór ar mo dhroim. Le linn dó 2 a chur ar dhroim an chéad asail eile thug mé croitheadh maith dom féin chun a chur i dtuiscint dó nach raibh sé chomh cliste is a cheap sé. Níor fhág mé puinn den chailc orm.

'A thiarcais,' arsa sé liom, 'is tú an diabhal damanta.'

Chuir sé 1 mór eile orm agus a fhad is a bhí sé á dhéanamh rinne mo chara aithris orm agus chuir an 2 dá dhroim ar an bpointe.

Tháinig fearg ar Antoin, thosaigh an chuid eile ag gáire is ag magadh faoi. Rinne mé comhartha do mo chomrádaithe gan corraí agus níor chorraigh asal ar bith againn. Tháinig Earnán ar ais agus na huimhreacha i mála aige. Tharraing gach duine acu uimhir as an mála. Le linn dóibh a bheith ag féachaint ar na huimhreacha rinne mé comhartha eile do mo chairde agus bhaineamar go léir croitheadh mór asainn féin. Níor fhágamar rian dá laghad den chailc orainn. Tháinig fearg mhór ar na leanaí go léir. Thosaigh siad ag tabhairt íde béil dá chéile agus thosaíomar ag glaoch. Bhí an oiread fothraim ar siúl againn gur chuala duine de na tuismitheoirí an gleo agus tháinig sé is chuir sinn in aon líne le hais an bhalla agus dúirt leis na leanaí uimhreacha a rá.

'A haon,' arsa Earnán. B'shin mise.

'A dó,' arsa Siobhán. B'shin comrádaí dom.

'A trí,' arsa Antoin, agus mar sin go dtí go raibh a dtogha asal acu go léir.

'Bogaimis ar aghaidh,' arsa Cathal. 'Rachaidh mise romhaibh.'

'Is gearr go dtiocfaidh mise suas leat,' arsa Earnán.

'Ní thiocfaidh tú,' arsa Cathal.

'Tiocfaidh mé gan amhras,' arsa Earnán.

Thug Cathal buille dá asal agus as go brách leis ar cosa in airde. As go brách liom sula raibh sé d'uain ag Earnán an fhuip a tharraingt amach agus ba ghearr go raibh mé suas le Cathal. Bhí Earnán lánsásta liom ach tháinig tocht feirge ar Chathal is bhuail sé a asal arís is arís eile. Ní raibh aon ghá ag Earnán mé a bhualadh agus chuaigh mé ar aghaidh ar nós na gaoithe. Bhí tosach agam ar Chathal i gceann nóiméid agus chuala mé an chuid eile ag glaoch amach i mo dhiaidh.

'Molaim uimhir a haon! Uimhir a haon abú! Tá sé chomh tapa le capall.'

Rith mé gur thángamar go dtí droichead. Stad mé ansin mar thug mé faoi deara go raibh clár leathan, lofa ann agus níor theastaigh uaim titim isteach sa sruth agus Earnán ar mo mhuin.

'Gread leat, a asail, gread leat!' a deir Earnán liom.

Ach crúb ní chorróinn agus bhuail sé mé go míthrócaireach. D'iompaigh mé agus ghabh mé ar ais go dtí an chuid eile.

'A bhithiúnaigh chaim,' arsa sé, 'an amhlaidh nach ndéanfaidh tú rud orm?'

Ach ghabh mé mo rogha slí ainneoin a ndúirt an drochbhuachaill.

'Cad chuige a bhfuil tú ag léasadh an asail, a Earnáin?' a deir Cearbhaillín. 'Ritheann sé go maith. Bhuaigh sé ar asal Chathail ó chianaibh.'

'Bhuail mé é mar nach rachadh sé thar an droichead dom. Tá sé chomh ceanndána sin gur chas sé ar ais orm.'

'Ní rachadh mar go raibh sé ina aonar. Geallaimse duit go rachadh sé thairis leis an gcuid eile.'

'Na leanaí bochta,' arsa mé liom féin. 'Titfidh siad go léir isteach san abhainn; caithfidh mise an chontúirt a chur in iúl dóibh.'

Thug mé aghaidh ar an droichead arís is chuir sin áthas ar Earnán agus ar na leanaí eile. Rith mé chomh fada leis an droichead agus stad mé ansin díreach is dá mbeadh eagla orm. Chuir sin ionadh ar an ngarsún. Ní fhaca an t-amadán an clár lofa faoina shúil. Tháinig an dream eile is thosaigh siad ag gáire fúinn. Rinne siad a ndícheall mé a thabhairt ar aghaidh ach ba bheag an mhaith dóibh é mar níor ghéill mé dóibh.

'Tarraing a ruball,' arsa Cathal, 'tá an t-asal sin chomh ceanndána sin go rachadh sé ar aghaidh má cheapann tú é a chur ar gcúl.'

Rinne siad iarracht ansin ar bhreith ar mo ruball ach thug mé na cosa deiridh dóibh. Bhuail siad go léir mé ach ní chorróinn.

'Fan, a Earnáin,' arsa Cathal. 'Rachaidh mise trasna i dtosach. Is cinnte go leanfaidh sé mé.'

Cheap sé dul amach tharam ach sheas mé sa tslí agus bhuail sé mé.

'Tá go maith,' arsa mé, 'má bhánn an garsún é féin, lig dó. Rinne mé mo lándícheall é a shábháil; bíodh deoch uisce aige más mian leis.'

Ar éigean a chuir an t-asal crúb ar an gclár ná bhris sé agus síos leis féin agus Cathal san uisce. Ba bheag an baol a bhí ar an asal mar bhí snámh aige ach bhéic is liúigh Cathal agus níor fhéad sé teacht amach.

'Bata,' arsa sé, 'faighigí bata!'

Liúigh is bhéic na leanaí. Tar éis tamaill fuair Cearbhaillín bata fada is shín amach chun Cathail é agus rug sé greim an fhir bháite air. Tharraing a mheáchan Cearbhaillín síos chuige is scread sise. Rith Earnán, Antoin is Albert chuici. I ndeireadh na dála tharraing siad Cathal bocht amach agus breis is a dhóthain den uisce slogtha aige agus é fliuch go craiceann. Nuair a thuig na leanaí go raibh sé ó bhaol thosaigh siad ag gáire faoi agus d'éirigh sé feargach. Léim na leanaí suas ar a gcuid asal is dúirt siad leis dul abhaile agus malairt éadaigh a fháil. Bhí an t-uisce ag sileadh óna chuid éadaigh agus níor fhéad mé gan gáire faoi. D'imigh a hata is a bhróga leis an sruth is ghreamaigh a chuid gruaige dá aghaidh.

Chuaigh Cathal abhaile is d'éirigh na leanaí ciúin arís. Thug siad moladh mór dom i ngeall ar an gciall a bhí agam gan dul trasna an droichid. As go brách linn go léir arís agus mise amach roimh an gcuid eile.

Bhí mé sona mar a dúirt mé cheana ach dála cáich bhí mé thíos seal agus thuas seal. Saighdiúir ab ea athair Chathail. Tháinig sé abhaile agus roinnt airgid a fuair sé óna chaptaen i dtaisce aige agus bonn óir a bronnadh air san arm. Cheannaigh sé teach sa bhaile mór is chuaigh a mhaicín is a mháthair aosta chun cónaithe leis. Dhíol sé mise le cara dó a bhí ina fheirmeoir. Bhí brón orm ag fágáil slán ag mo mháistreás is Seoirse mar bhí siad araon an-chineálta dom i gcónaí.

Cró Folaigh

Ní raibh mo mháistir nua go dona ach theastaigh uaidh riamh a chuid seirbhíseach a bheith ag obair gan sos gan staonadh. Chuir sé mise faoi thrucail ag iompar cré is úll is adhmaid. Bhí breis is mo dhóthain den obair agam agus níor thaitin an trucail liom ar aon chor, go mór mór lá an mhargaidh. Níorbh amhlaidh go gcuirtí ualach ró-throm orm agus ní bhuailtí mé, ach lá an mhargaidh ní fhaighinn greim le hithe ó mhoch na maidine go dtí a trí nó a ceathair a chlog tráthnóna. Nuair a bhíodh lá brothallach ann bhínn ag fáil bháis leis an tart, ach b'éigean dom fanacht go dtí go mbíodh gach ní díolta agus an t-airgead i bpóca mo mháistir agus slán fágtha aige ag a chairde. Ba bheag an mhaith a bhíodh ionam ag dul abhaile ach thugadh sé drochíde orm. Theastaigh uaim bheith réidh leis.

Lá amháin chuimhnigh mé ar sheift chun ceacht a leasa a mhúineadh dó. Tuigfidh tú ón eachtra seo nach bhfuil asal chomh dallintinneach is a deirtear agus cuirfidh mé in iúl duit chomh maith go raibh mé ag éirí mímhacánta.

Lá an mhargaidh d'éiríodh muintir na feirme go moch chun an cabáiste a bhaint is an chuigeann a dhéanamh is na huibheacha a bhailiú. Le linn an tsamhraidh chaithinn an oíche i bpáirc mhór. An lá áirithe seo chonaic mé is chuala mé iad ag déanamh réidh agus bhí a fhios agam go dtiocfaidís faoi mo dhéin timpeall a deich a chlog chun mé a ghabháil faoin trucailín. Tharla go raibh díog mhór sa pháirc agus driseoga is sceacha ag fás inti. Cheap mé go mba mhaith an áit é chun dul i bhfolach agus nach bhfeicfí ann mé. Nuair a bhí muintir na feirme ag obair ar a ndícheall shleamhnaigh mé isteach sa díog faoi scáth na sceach is na ndriseog. Bhí mé timpeall uair an chloig i bhfolach nuair a chuala mé garsún ag glaoch orm. Chuardaigh sé gach aon bhall is chuaigh ar ais go dtí an teach ansin. Is dócha go ndúirt sé leis an máistir nach raibh mo thásc ná mo thuairisc le fáil mar chuala mé an máistir ag rá le lucht na feirme dul ar mo lorg.

'Ní foláir nó go ndeachaigh sé tríd an bhfál,' arsa duine acu.

'Ach ní fhéadfadh sé sin a dhéanamh,' arsa duine eile, 'mar níl poll in aon áit.'

'Fágadh an geata ar oscailt,' arsa an máistir. 'Imígí á chuardach ins na páirceanna, a bhuachaillí. Ní fada uainn é pé áit a bhfuil sé. Déanaigí deifir nó beimid déanach ag an margadh.'

As go brách leo ar fud na bpáirceanna is isteach ins na coillte agus iad ag glaoch orm. Rinne mé gáire fúthu agus ní baol gur bhog mé as an áit a raibh mé i bhfolach. I gceann tamaill mhaith tháinig na buachaillí ar ais agus saothar orthu. Thosaigh an máistir ag eascaine agus dúirt gur bheag amhras ná gur goideadh mé. B'éigean dó ceann de na capaill a chur faoin trucail agus d'imigh sé go stuacach go dtí an margadh. Nuair a bhí siad go léir as an bpáirc chuir mé suas mo cheann agus amach liom as na driseoga. Rith mé go dtí an ceann eile den pháirc i dtreo is nach mbeadh a fhios acu cá raibh mé. Thosaigh mé ag glaoch chomh hard is a d'fhéad mé é. Chuala lucht na feirme an glaoch is rith siad amach.

'Féach! Seo ar ais chugainn é,' arsa an t-aoire.

'Cad as ar tháinig sé?' d'fhiosraigh an mháistreás.

'Cén poll ar tháinig sé isteach?' arsa an tiománaí.

Rith mé suas chucu agus áthas an domhain orm nach mbeinn ag dul ar an margadh. Mhol siad go mór mé is rinne siad peata díom. Dúirt siad go raibh misneach mór agam éalú ó na bithiúnaigh a ghoid mé. Bhí siad chomh cineálta sin gur tháinig náire orm mar thuig mé nach peataíocht a bhí tuillte agam ach an bata. Níor chuir siad isteach orm a thuilleadh an lá sin agus bheadh sonas orm murach gur mhothaigh mé aiféala ag teacht orm.

Nuair a tháinig an máistir ar ais bhí áthas air go raibh mé sa pháirc agus bhí ionadh air chomh maith. An lá ina dhiaidh sin chuaigh sé timpeall na páirce is chuir sceach i mbéal gach bearna san fhál.

'Beidh sé an-chliste má éiríonn leis dul amach feasta,' arsa sé tar éis an obair a chríochnú. 'Ar éigean a d'fhéadfadh cat dul thar theorainn na páirce sin.'

Níor tharla aon rud gur fiú trácht air go ceann seachtaine. Níor bhac siad liom ach maidin lá an mhargaidh chuaigh mé i bhfolach arís. Chuardaigh siad arís agus ionadh orthu. Cheap siad gur scaoil gadaí éigin amach an geata mé.

'Tá sé caillte an babhta seo gan dabht,' arsa an feirmeoir. 'Ní fheicfimid arís é.'

D'imigh sé ansin.

Gabhadh ceann de na capaill arís agus chuaigh sé ar an margadh i m'ionad. Tháinig mé amach arís nuair a bhí siad as amharc ach níor ghlaoigh mé an babhta seo.

Fuair siad ag iníor sa pháirc mé agus nuair a chuala an máistir an scéal tháinig drochamhras air. Cheap sé, ar ndóigh, gur bhuail mé bob air. Ní dhearnadh peata díom agus thuig mé i m'aigne féin go rabhthas chun faire orm feasta. Rinne mé gáire fúthu.

'Beidh sibh an-chliste, a chairde, má bhíonn sibh suas le mo chuid cleas. Buailfidh mé bob oraibh arís is arís eile.'

Chuaigh mé i bhfolach an tríú huair agus mé lánsásta liom féin. Ar éigean a bhí mé thíos sa díog nuair a chuala mé tafann madra agus glór mo mháistir á rá leis dul ar mo thóir. 'Ruaig amach é, a Sheip! Maith an madra! Síos sa díog! Cuir an ruaig air! Madra maith.'

Léim Seip isteach sa díog agus bhain greamanna as mo shála is as m'easnacha. D'íosfadh sé mé murach gur léim mé amach. Rinne mé díreach ar an gclaí féachaint an bhféadfainn brú amach tríd ach bhí an feirmeoir ag fanacht liom. Chaith sé lúb ar mo mhuineál is stad go tobann mé. Bhí fuip aige is ghabh di orm agus lean an madra ag baint greamanna as mo shála. Tháinig brón is náire orm go raibh mé chomh leisciúil sin.

I ndeireadh na dála chuir an máistir iachall ar an madra éirí as an gcéasadh a bhí sé a thabhairt dom agus scaoil an lúb de mo mhuineál. Chuir sé adhastar orm is threoraigh mé as an áit is mé briste, breoite is chuir faoi thrucail mé.

Chuala mé ina dhiaidh sin gurbh amhlaidh go raibh garsún ar an mbóthar in aice an gheata chun é a oscailt dom dá dtiocfainn ar ais. Chonaic sé mé ag teacht aníos as an díog agus sceith sé orm – an rascail beag! Bhí mé amach leis mar gheall ar an droch-chleas a d'imir sé orm.

Ón lá sin i leith bhí siad an-dian ar fad orm. Cheap siad mé a choinneáil faoi ghlas ach d'éiríodh liom gach geata a oscailt le m'fhiacla. Dá mbeadh laiste air, d'ardaínn é; dá mbeadh cnaipe air, chasainn é; dá mbeadh bolta air, dhruidinn é. Ní chuireadh aon rud cosc liom.

Labhraíodh an feirmeoir go crosta liom, bhuaileadh sé mé go minic, thugadh sé an-drochíde dom agus dhéanainn gach cleas ba mheasa ná a chéile. Thuig mé go maith gur trí mo choir féin a tháinig an mí-ádh go léir orm ach is in olcas agus i gceanndánacht a chuaigh mé.

Lá amháin bhuail mé isteach sa ghairdín agus d'ith mé a raibh de chabáiste ann; lá eile leag mé an leaidín a sceith orm; lá eile d'ól mé galún uachtair a fágadh taobh amuigh de dhoras na cistine. Shatail mé ar na sicíní agus ar na turcaithe óga; chuir mé na bainbh ag béicíl. Bhí mé chomh dona sin gur iarr bean an tí ar an máistir mé a dhíol ar an aonach.

Bhí mé lag, tanaí tar éis an drochíde a tugadh dom ach anois ba mhian leo mé a bheith ramhar chun go ndíolfaí mé. Tugadh ordú do ghiollaí na feirme mé a bheathú go maith is gan a thuilleadh oibre a thabhairt dom le déanamh. Bhí saol breá agam go ceann seachtaine. Thug mo mháistir mé ansin go dtí an t-aonach agus fuair sé cúig phunt orm. Bhí olc i mo chroí dó á fhágáil. Thabharfainn cúpla cic dó mura mbeadh nár mhian liom go gceapfadh an máistir nua nach raibh mé ró-dheas.

An Seodghlas

An fear a cheannaigh mé bhí iníon aige dhá bhliain déag d'aois. Bhí an cailín seo lag, breoite agus níor fhéad sí dul amach ag súgradh leis na leanaí eile. Bhí Teach Mór acu faoin tuath agus ní raibh compánach ar bith ag an gcailín bocht. Ba bheag an tsuim a chuireadh a hathair inti ach níor mhar sin don mháthair. Dúirt an dochtúir go mba cheart peata éigin a bheith ag Póilín – sin an t-ainm a bhí uirthi – agus an mháthair a chuimhnigh ar asal a cheannach. Thaitin mo mháistreás nua go mór liom: bhí sí ciúin, cneasta ach ba mhinic an créatúr breoite, brónach. Théadh sí amach gach lá ag marcaíocht orm. Shiúlainn na bóithre deasa is na coillte cumhra agus an cailín ar mo mhuin. Bhíodh buachaill aimsire linn i dtosach ach nuair a thuig siad go raibh mé ciúin, cneasta lig siad don chailín dul amach ina haonar. Thug sí Napoleon nó Nap mar ainm orm.

'Téirigh amach ag marcaíocht ar Nap,' a deireadh a hathair. 'Níl aon bhaol ort; tá ciall duine aige agus tabharfaidh sé ar ais go slán thú.'

Théimis amach gan éinne ag tabhairt aire dúinn. Nuair a bhíodh sí tuirseach den siúl, sheasainn le hais tortóige nó léiminn isteach i ndíog chun ligean di dul suas ar mo mhuin. Théinn isteach sa choill mar a raibh a lán cnónna agus ligin di iad a stoitheadh. Bhí cion mór ag mo mháistreás bheag orm; thugadh sí an-aire dom agus bhí mé i mo pheata aici. Nuair a bhíodh drochaimsir ann thagadh sí chugam chun an stábla agus féar úr agus glasraí is meacan aici. D'fhanadh sí ag caint liom agus í á cheapadh go dtuiginn a cuid cainte. Chuireadh sí síos ar a raibh ag déanamh buartha di agus uaireanta bhíodh an créatúr bocht ag gol.

'A Nap bhoicht,' a deireadh sí, 'níl ionat ach asal agus níl urlabhra agat ach, mar sin féin, níl cara agam ach tú amháin. Ní nochtaim mo smaointe ach duitse. Tá grá ag mo mháthair orm ach ní maith léi go dtabharfainn grá ach di féin amháin. Níl compánach ar bith agam ach tú agus táim an-uaigneach.' Ghoil Póilín is thug cuimilt bhoise dom. Bhí cion agam uirthi is thug mé trua croí di. Nuair a bhíodh sí i ngar dom ní chorraínn cos ar eagla go ngortóinn í.

Lá amháin chonaic mé Póilín ag rith chugam agus áthas uirthi.

'A Nap,' ar sise, 'tá mam tar éis seodghlas a thabhairt dom agus ribí dá cuid gruaige istigh ann, agus ba mhaith liom cúpla ruainne de do mhoing a chur isteach chomh maith. Cara mór dom is ea thú agus tá cion agam ort. Beidh ribí na beirte is mó a bhfuil grá agam orthu ansin.'

Ghearr Póilín ruainní de mo mhoing ansin is chuir i dteannta ghruaig a máthar iad. Chuir sé áthas orm a thuiscint go raibh grá chomh mór sin aici orm agus bhí bród orm mo ruainní a bheith istigh sa seodghlas ach caithfidh mé a admháil go raibh siad garbh i gcomparáid le gruaig mhín a máthar. Níor thug Póilín an méid sin faoi deara. Bhí sí ag féachaint ar an seodghlas nuair a bhuail an mháthair isteach.

'Cad é sin agat?' ar sise.

'An seodghlas, a mhamaí,' a deir Póilín, á chur i bhfolach.

'Cén fáth gur thug tú anseo leat é?'

'Chun é a thaispeáint do Nap,' d'fhreagair an ghirseach.

'Raiméis,' arsa an mháthair. 'Níl aon chiall leis an ngrá atá agat ar an asal sin. Díreach is dá mbeadh a fhios aige cad is seodghlas ann.'

'Ach, a mhamaí, tuigeann sé go rímhaith; ligh sé mo lámh agus mé – agus mé –.' D'éirigh Póilín dearg is stad den chaint.

'Bhuel, lean leat! Cén fáth gur ligh Nap do lámh?' arsa an mháthair.

'A mhamaí, b'fhearr liom gan sin a insint duit; tá eagla orm go mbeifeá amach liom,' d'fhreagair Póilín bhocht.

'Lean leat, labhair amach, cad é an rud amaideach atá déanta agat anois?'

'Ní dhearna mé aon rud amaideach, a mham.'

'Cad a chuireann eagla ort mar sin? An amhlaidh gur thug tú an iomarca coirce dó is go bhfuil sé tinn?'

'Ní hamhlaidh; níor thug mé dada dó,' arsa Póilín.

'Cad atá ort mar sin? Ba mhaith leat fearg a chur orm. Inis dom cad atá déanta agat agus cén fáth gur fhan tú amach uaim ar feadh uair an chloig.'

Leis an bhfírinne a rá bhí sí tamall maith ag cur na gruaige sa seodghlas. B'éigean di an páipéar a bhaint den taobh thiar, an ghloine a thógáil amach, an ghruaig a chur isteach agus gach rud a chur ina ionad arís.

Níor fhan focal ag Póilín. 'Ghearr mé moing an asail chun – chun – chun –.'

'Lean leat, cad chuige?' arsa an mháthair.

'Le cur i mo sheodghlas,' arsa Póilín.

'Cad é an seodghlas?'

'An ceann a thug tú féin dom, a mhamaí.'

'An seodghlas ina raibh mo chuid gruaige? Agus cad a rinne tú leis an ngruaig a bhí istigh ann?'

'Tá sí istigh ann fós – féach!' arsa Póilín.

'Mo ghruaig agus ruainní de mhoing an asail measctha le chéile!' a ghlaoigh an mháthair amach agus í ar buile. 'Mo sheacht náire thú! Tá an meas céanna agat ar an asal is atá ar do mháthair. Ní fiú tusa go dtabharfaí féirín duit.'

Sciob sí an seodghlas as lámh na girsí, chaith ar an talamh é, chuir sáil air is rinne smidiríní de. Níor fhéach ar an gcailín a thuilleadh agus amach an doras léi.

Bhí eagla ar Phóilín corraí ar dtús; ansin phléasc sí amach ag gol is chuir a dhá lámh timpeall ar mo mhuineál.

'A Nap dhil, nach trua leat mo chás! Ní maith leo mise a bheith go mór leat, ach beidh grá agam ort go deo ina n-ainneoin. Bíonn tú cineálta i gcónaí; ní thugann tú scalladh teanga dom; ní chuireann tú brón orm agus bíonn tú go deas ciúin agus mé ag marcaíocht ort. Ó, a Nap dhil, nach míle trua é nach bhfuil tú in ann mo chuid cainte a thuiscint. D'fhéadfainn a lán a insint duit.'

Stad Póilín, chaith sí í féin ar an talamh is ghoil. Bhí trua agam di ach níor fhéad mé aon sólás a thabhairt don chréatúr ná fiú amháin a insint di go raibh cathú ar bith orm. Bhí mé ar buile lena máthair agus dá bhféadfainn é mhíneoinn an scéal ar fad di agus déarfainn léi go raibh sí ró-dhian ar fad ar a hiníon.

Tar éis ceathrú uaire nó mar sin d'oscail bean freastail an doras is labhair le Póilín.

'Ba mhaith le do mháthair labhairt leat; ní maith léi go bhfanfá sa stábla agus ní bheidh cead agat teacht anseo feasta.'

'Nap bocht, mo Nap bocht, ní ligfear dom é a fheiceáil a thuilleadh.'

'Ní ligfear, a thaisce, ach amháin nuair a bheas tú ag dul ag marcaíocht air; deir do mháthair go mba chóra duit bheith sa seomra suí ná sa stábla leis an asal.'

Níor thug Póilín freagra uirthi; bhí a fhios aici nár mhór di rud a dhéanamh ar a máthair. Thug sí fáisceadh dom arís agus mhothaigh mé na deora ag titim ar mo mhuineál. D'imigh sí ansin. Ba léir dom ina dhiaidh sin go raibh ceo ar chroí an chailín. Bhí an aimsir fliuch agus b'annamh sinn amuigh. Nuair a thugtaí amach mé go dtí doras mór an tí théadh Póilín suas ar mo mhuin gan focal a rá ach an túisce a bhímis as amharc, léimeadh sí anuas is phógadh mé is chuireadh síos ar na nithe a bhíodh ag déanamh buartha di. Mar seo fuair mé amach go raibh a máthair an-chrosta léi fós mar gheall ar an seodghlas, go raibh Póilín ag éirí níos brónaí is níos uaigní, is go raibh an galar a bhí uirthi ag dul in olcas in aghaidh an lae.

An Tine

Oíche amháin agus mé i mo chodladh chuala mé daoine ag glaoch amach: 'Tine! Tine!' Baineadh preab asam agus rinne mé iarracht ar an téad a bhí do mo cheangal a bhriseadh. Srac mé is tharraing mé agus chaith mé mé féin ar an talamh ach ní bhrisfeadh an téad dhamanta. I ndeireadh na dála séard a rinne mé ná í a ghearradh le m'fhiacla. Bhí an stábla lán de sholas ón toiteán. Chuala mé lucht an tí ag béicíl, chuala mé fothram na tine is titim na mballaí. Bhí an deatach ag teacht isteach agus ba ghairid go raibh mé múchta leis nach mór, ach níor chuimhnigh duine ar bith orm; níor tháinig éinne chun an doras a oscailt dom.

Chuaigh an tine mhór i méid, mhothaigh mé an teas uafásach do mo dhó.

'Mo bhrón, mo bhrón,' arsa mé liom féin. 'Dófar mé i mo bheatha; tá bás uafásach i ndán dom! A Phóilín, a chroí, a mháistreás dhil. Cuimhnigh ar do Nap féin!'

Ar an bpointe osclaíodh an doras agus chuala mé Póilín ag glaoch orm. Rith mé faoina déin agus áthas mór orm. Ní rabhamar ach ag an doras nuair ab éigean dúinn dul ar ais. Thit balla mór os comhair an stábla amach agus leagadh carn de chlocha móra ar an gcasán. Gheobhadh mo mháistreás bás ag iarraidh mé a shábháil. Bhí an deatach, an dusta is an teas mór dár bplúchadh. Thit Póilín i laige le m'ais. Rug mé ar a gúna le m'fhiacla agus rith mé amach thar shaileanna adhmaid trí thine. Bhí sé de rath orainn dul trasna gan a balcaisí éadaigh a dhó. Stad mé chun féachaint cá rachainn trí na lasracha. Bhí mé chun Póilín a chur ar an talamh nuair a chonaic mé doras siléir agus é ar oscailt. Léim mé isteach mar bhí a fhios agam go mbeimis slán faoi thalamh. Chuir mé Póilín síos cois dabhach uisce chun go bhféadfadh sí a héadan a fholcadh nuair a thiocfadh sí chuici féin. Ba ghearr gur oscail sí a súile. Nuair a thuig sí go raibh sí slán chuaigh sí ar a glúine is thug buíochas do Dhia í a thabhairt slán as an gcontúirt ina raibh sí. Ghabh sí buíochas liom chomh maith agus dóbair dom briseadh amach ag gol le neart áthais.

D'ól sí bolgam den uisce as an dabhach. Chualamar liú i bhfad uainn ach níor fhéadamar na glórtha a aithint.

'Ceapfaidh daid is mam go bhfuil mé caillte,' arsa Póilín. 'Tháinig mé ar lorg Nap gan fhios dóibh. Caithfidh mé fanacht anois nó go rachaidh an tine in éag. Caithfimid fanacht anseo sa siléar i rith na hoíche. Agus, a Nap dhil,' arsa sí liom, 'murach thusa ní bheinn beo ar aon chor.'

Níor labhair sí arís; shuigh sí síos ar sheanbhosca agus leag a ceann ar bhairille. Ba ghairid go raibh sí ina codladh. Bhí tuirse is tart orm agus d'ól mé deoch mhaith uisce is luigh mé síos ar an urlár. Dhúisigh mé go moch ar maidin agus d'éirigh mé, go ciúin, socair i dtreo is nach gcloisfeadh Póilín mé. Chuaigh mé go dtí an doras is d'oscail mé é. Bhí an tine dulta in éag. B'fhurasta dul amach anois go dtí an clós. Rinne mé 'Hí heá' os íseal chun mo mháistreás a dhúiseacht. D'oscail sí na súile is rith go dtí an doras.

'Tá gach rud dóite,' arsa sí go brónach. 'Ní fheicfidh mé ár dteach arís. Tá a fhios agam go mbeidh mé básaithe sula dtógfar arís é. Tá mé lag, breoite, lag, breoite is cuma cad a deir mo mháthair.'

'Téanam ort, a Nap,' arsa sí liom i gceann tamaill. 'Téimis amach mar ceapfaidh daid is mam go bhfuil mé caillte.'

Shiúil sí go héadrom thar na saileanna dóite is na clocha mar bhí an deatach uathu go fóill. Lean mé í agus níorbh fhada go rabhamar ar an bhfaiche os comhair an tí amach. Chuaigh sí suas ar mo mhuin is d'imíomar go dtí an sráidbhaile. Ba ghearr go bhfuaireamar amach a hathair is a máthair. Bhí siad ag caoineadh mar cheap siad go dtí sin go raibh a n-iníon caillte.

Rith siad chuici is áthas an domhain orthu. D'inis sí dóibh gur mé a shábháil í ach ba bheag é a mbuíochas dom. D'fhéach an mháthair orm go doicheallach agus chas an fear a dhroim liom.

'Mura mbeadh an seanasal sin ní bheifeá i gcontúirt in aon chor. Chuaigh tú chun doras an stábla a oscailt agus cheap d'athair is mé féin go raibh tú caillte. Bhí oíche bhrónach againn.'

'Ach,' arsa Póilín go tapa, 'is é a shábháil –.'

'Stad den chaint sin,' a dúirt a máthair. 'Ná habair focal arís i dtaobh an ainmhí ghránna sin. Dóbair dó bheith ciontach le do bhás.'

Lig Póilín osna, d'fhéach orm go brónach is ní dúirt a thuilleadh.

Níor leag mé súil ar Phóilín ón lá sin amach. Ní foláir nó chuir an tine mhór scanradh uirthi; ba bheag an suan a bhí aici i gcaitheamh na hoíche sa siléar agus ghoill an fuacht go mór uirthi. Chuaigh a breoiteacht in olcas agus fuair an créatúr bás i gceann míosa. Ba mhinic di ag cur síos ormsa agus ag glaoch amach m'ainm is an fiabhras uirthi. Níor thug éinne aire dom. Fuair mé greim bia anois is arís agus b'éigean dom fanacht amuigh san oíche. Nuair a chonaic mé na daoine ag teacht chun sochraid an chailín bhí mé brónach, deorach. D'imigh mé liom as an áit is ní dheachaigh mé ar ais arís.

Rása na nAsal

Bhí an geimhreadh ann agus bhí mé go hainnis. Chuaigh mé chun cónaithe i bhforaois ach ar éigean a d'fhéad mé oiread bia a fháil is a choimeádfadh i mo bheatha mé. Nuair a bhíodh na haibhneacha reoite d'ithinn sneachta. Ní bhíodh greim bia agam ach barra feochadán. Dhéanainn leaba dom féin faoi scáth na gcrann. Bhí mé brónach agus ba mhinic mé ag cuimhneamh ar an saol breá a bhíodh agam le Seoirse is leis an seanfheirmeoir. Thug mé cuairt nó dhó ar an sráidbhaile féachaint cad a bhí ar siúl ann. Lá dá raibh mé ann bhí fuadar mór éigin faoi mhuintir an tsráidbhaile. Bhí lá saoire acu de réir dealraimh agus bhí na fir glan, bearrtha mar a bheidís maidin Domhnaigh. Rud greannmhar eile a thug mé faoi deara. Bhí seó mór d'asail bailithe san áit agus gach asal díobh cíortha, glan agus fleasc bláthanna ar a cheann.

'Is greannmhar an rud sin,' arsa mé féin, 'mar nach bhfuil aonach ar bith ar siúl inniu. Conas a tharla go bhfuil saol mór na n-asal anseo inniu agus iad uile slíocach, glan? Agus nach iad atá ramhar, beathaithe! M'anam go bhfuair siad a ndóthain mór le hithe le linn an gheimhridh.'

Agus maidir liom féin – ní raibh pioc feola ar mo chnámha, bhí mé gioblach, garbh ach, mar sin féin, bhí mé lúfar, láidir.

'B'fhearr liom,' arsa mé, 'bheith gioblach, garbh agus lúth i mo ghéaga ná a bheith codlatach, slíocach. An dream sin atá ramhar, beathaithe anois, bíodh geall nach bhféadfaidís cruatan an gheimhridh a sheasamh.'

Dhruid mé ina n-aice féachaint cad é an fuadar a bhí fúthu. Chonaic duine de na buachaillí mé is thosaigh ag gáire.

'A bhuachaillí,' arsa sé, 'féachaigí an t-asal breá, ramhar seo atá tagtha. Nach é atá glan, néata!'

'Ní foláir nó tugadh aire mhaith dó. Nach é atá gioblach!' arsa duine eile. 'Ní fheadar ar tháinig sé chun rith sa rás.'

'Lig dó más mian leis,' arsa an tríú duine. 'Níl baol go bhfaighidh sé an duais.'

Chuir an chaint sin iad go léir ins na trithí. Bhí mé ar buile leo ach fuair mé amach go mbeadh rásaí ar siúl. Theastaigh uaim a dhéanamh amach cathain a bheadh an rás acu agus cá mbeidís. Chuir mé cluas orm ach níor lig mé orm gur thuig mé aon phioc dá gcuid cainte.

'Cén uair a bheas an rás?' arsa duine de na buachaillí.

'Ní fheadar. Táthar ag fanacht leis an maor,' d'fhreagair duine eile.

'Cá mbeidh an rás inniu?' arsa seanbhean a tháinig anall chucu.

'I bpáirc an mhuilinn.'

'Agus an mó asal atá agaibh?'

'Sé cinn gan tusa a áireamh.'

Phléasc siad amach ag gáire.

'Cladhaire is ea thú a leithéid sin a rá'. Cheistigh an tseanbhean: 'Agus cad a gheobhaidh an t-asal buach?

'Tuillfidh sé onóir mhór dó féin agus gheobhaidh a mháistir uaireadóir airgid,' arsa Seán.

'Ba mhaith liom a bheith i m'asal chun an t-uaireadóir a thuilleamh,' arsa an tseanbhean, 'mar ní raibh airgead mo dhóthain agam chun ceann a cheannach.'

'Bhuel,' arsa Seán, 'dá dtabharfá asal leat anseo bheadh seans agat chomh maith le cách.'

Thaitin an magadh seo go mór leis na buachaillí.

'Agus cá bhfaighinn asal?' arsa an bhean. 'Ní raibh mo dhóthain airgid agam riamh chun asal a cheannach gan trácht ar cheann a chothú.'

B'aoibhinn liom éisteacht le caint na seanmhná mar bhí sí go deas macánta. Ba mhian liom an t-uaireadóir a thuilleamh di. Bhí taithí mhaith agam ar rásaí. Bhínn ag rith gach lá sa choill chun an teas a choimeád ionam agus deirtí tráth go raibh luas capaill i mo chosa.

'Bainfidh mé triail as,' arsa mé liom féin. 'Má theipeann orm níl leigheas air agus, má éiríonn liom, gheobhaidh an tseanbhean an t-uaireadóir.'

As go brách liom ar sodar agus níor stad mé go raibh mé i mo sheasamh le hais na n-asal eile ag fanacht leis an rás. Chaith mé mo chosa san aer cúpla uair chun a thaispeáint go raibh teaspach orm, mar dhea.

'Go réidh, a mhic ó,' arsa buachaill darbh ainm Aindréas liom. 'Éirigh as na geáitsí sin agus imigh leat. Níl aon mháistir agat agus tá tú ró-ghioblach chun an rás a rith.'

D'fhan mé ciúin ach níor chorraigh mé as an áit. Thosaigh cuid acu ag gáire ach bhí fearg ar chuid eile; dóbair dóibh raic a dhéanamh ach chuir an tseanbhean stop leo.

'Mura bhfuil máistir aige, tá máistreás aige,' arsa sí. 'Tá seanaithne agam air. Is é Nap é, asal an chailín bhig a fuair bás. Cuireadh an ruaig air nuair a cailleadh Póilín. Is dócha gur chaith sé an geimhreadh san fhoraois mar ní fhaca éinne é go dtí an lá inniu. Rithfidh sé an rás dom.'

'Is é díreach é! Is é Nap é gan aon dabht!' a dúirt siad go léir d'aon ghuth. Ní foláir nó chuala siad trácht orm.

'Más é d'asal é, a bhean chóir,' arsa Seán, 'beidh ort réal a chur sa mhála.'

'Déanfaidh mé sin agus fáilte,' arsa an tseanbhean. 'Seo an t-airgead duit ach ná hiarr a thuilleadh orm mar níl sé agam.'

'Bhuel, má bhuann tú an rás, beidh an t-ádh ort. Is beag duine ar an mbaile nár chuir roinnt sa mhála; tá breis is cúig phunt ann.'

Thosaigh mé ag falaireacht agus d'fhéach na buachaillí go léir orm.

'Féach anseo, a Sheáin,' arsa Aindréas i gcogar, 'ní raibh an ceart agat ligean don tseanbhean airgead a chur sa mhála. Is léi Nap i gcomhair an ráis agus ní hé aon seanghroga é. B'fhéidir go mbuafadh sé orthu go léir is go sciobfadh sé uainn idir airgead is uaireadóir.'

'Bíodh ciall agat, a Aindréis! Nach bhfeiceann tú go bhfuil sé préachta leis an bhfuacht? Ní rachaidh sé i bhfad, geallaimse duit.'

'Níl mé ró-chinnte faoi sin,' arsa Aindréas. 'Ní fheadar an féidir é a mhealladh as an bpáirc le roinnt coirce.'

'Agus cad mar gheall ar réal na seanmhná?'

'Dá mbeadh an t-asal as amharc, d'fhéadfaimis é a thabhairt ar ais di.'

'Tá an ceart agat. Ní léi an t-asal de réir cirt. Níl aon éileamh aici air ach oiread is atá agatsa nó agamsa. Faigh máilín coirce agus b'fhéidir go meallfá as an áit é gan fhios don tseanbhean.'

Chuala mé an chaint go léir. Nuair a tháinig Aindréas ar ais leis an gcoirce níor thug mé aird ar bith air. Chuaigh mé faoi dhéin na seanmhná. Lean Aindréas mé is rug Seán ar mo chluasa chun mo cheann a iompú. Is amhlaidh gur cheap sé nach bhfaca mé an coirce. Níor ith mé puinn gí go raibh ocras mór orm. Tharraing duine acu mé is chuir duine eile a ghuala liom ach ní chorróinn cos. Chonaic an tseanbhean iad agus thuig an fuadar a bhí fúthu.

'Imígí as sin, a chladhairí,' arsa sí leo. 'Chuir mé mo réal sa mhála chomh maith le cách agus anois ba mhian libh m'asal a thógáil uaim. Is amhlaidh go bhfuil eagla oraibh roimhe.'

'Eagla roimh asal beag, bídeach mar sin? Eagla, an ea?'

'Cén fáth ansin go raibh sibh ag iarraidh é a mhealladh uaim?'

'Ní rabhamar ach ag tabhairt béile coirce dó.'

'Ó, tá sibh ró-chineálta ar fad, ró-chineálta,' arsa sí go magúil. 'Cuir síos an coirce ar an talamh chun go n-íosfaidh sé ar a shuaimhneas é. Agus cheap mé go raibh sibh ar tí bob a bhualadh orm! Ormsa a bhí an dul amú mór!'

Bhí an bheirt gharsún i bponc ach ní dhéanfadh sé cúis é sin a thaispeáint. Bhí a gcompánaigh ag magadh fúthu. D'ith mé an coirce agus mhothaigh mé an neart agus an fuinneamh ag teacht ar ais ionam. Bhí mé lánsásta liom féin agus le mo mháistreás. Ba ghearr go raibh gleo i mo thimpeall. Thug an maor ordú uaidh na hasail a dhéanamh réidh don rás. Cuireadh i líne iad agus agamsa a bhí an t-ionad ba mheasa.

Sheas mé i m'aonar agus d'fhiafraigh na daoine dá chéile cé ba leis mé.

'Ní le duine ar bith é,' arsa Aindréas.

'Is liomsa é,' arsa an tseanbhean.

'Más leat, beidh ort airgead a chur sa mhála,' arsa an maor.

'Chuir mé cheana.'

'Tá go maith. Scríobh síos ainm na mná seo,' arsa an maor.

'Tá sin déanta againn,' arsa an cléireach.

'Tá go maith,' arsa an maor. 'An bhfuil sibh réidh? A haon, a dó, a trí, gluaisigí!'

Lig na buachaillí na hasail chun siúil is ghabh d'fhuipeanna orthu. Ní raibh greim ag éinne orm ach d'fhan mé go macánta nó gur chuala mé 'a trí.' Mar sin bhí tosach acu go léir orm ach níor ghabh siad céad slat nó gur tháinig mé suas leo. Ba ghearr go raibh mé amach rompu gan puinn dua. Bhí na buachaillí ag glaoch is ag tathant ar na hasail. D'fhéach mé siar orthu ó am go ham agus áthas orm. Bhí fearg is náire ar mo chomrádaithe go raibh asal suarach, anaithnid ag buachan orthu. Rinne siad a gcroídhícheall teacht suas liom. Chuala mé béiceacha fíochmhara i mo dhiaidh. Bhí na hasail ag gabháil de chiceanna ar a chéile. Cúpla uair tháinig asal Sheáin suas liom is dóbair dó dul amach romham. Theip air ach rug sé greim lena fhiacla ar m'eireaball. Bhí mé i ngiorracht titim leis an bpian ach theastaigh uaim níos mó ná riamh an bua a fháil. Rith mé uaidh is d'fhág mé stiall de m'eireaball aige. Bhuaigh mé orthu uile. Chuala mé liú ó na daoine is greadadh bos. Bhí saothar orm agus tuirse ach shiúil mé go mórálach ar ais go dtí an áit a raibh an duais ag maor an bhaile. Tháinig an tseanbhean chugam is chuimil mo shrón lena lámh is dúirt go dtabharfadh sí béile maith coirce dom. Shín sí amach a lámh chun breith ar an uaireadóir. Lena linn sin rith Seán is Aindréas suas is ghlaoigh siad amach.

'Stad, a dhuine uasail! Ní cóir go dtabharfaí an duais di. Ní le duine ar bith an t-asal sin. Níl aon éileamh aici air ná ag éinne eile. Is linne an duais de réir cirt.'

'Ach nár chuir an bhean seo réal sa mhála?'

'Chuir, a dhuine uasail, ach –.'

'Tuige nach ndúirt sibh focal roimh an rás?'

'Ní dúramar aon rud ach –.'

'Tá an duais tuillte ag an asal agus caithfidh mé an t-airgead is an t-uaireadóir a thabhairt don bhean seo.'

'Níl muid sásta gan an cheist a chur os comhair chomhairle an bhaile.'

Ba léir dom go raibh an maor chun géilleadh dóibh. Rug mé ar an uaireadóir le m'fhiacla agus sháigh mé isteach i lámh mo mháistreása í. Chrom siad go léir ag gáire.

'Féachaigí air sin,' arsa an maor. 'Tá réiteach na ceiste ag an té is mó ciall.'

Ní raibh a thuilleadh le rá ag an mbeirt mar bhí buaite glan agam orthu.

Na Máistrí Cineálta

Mar sin féin bhí mé míshásta. D'imigh siad go léir uaim agus rinne an bhean dearmad glan ar an gcoirce. Ní bhfuair mé pioc de bharr mo shaothair. D'fhan mé ansin i m'aonar sa pháirc is mé go brónach. Bhí mé amach leis an gcine daonna ar fad agus searbhas i mo chroí dóibh. Mhothaigh mé an lámh mhín ar mo dhroim agus labhair duine go cineálta liom.

'A asail bhoicht, thug siad céasadh duit! Téanam ort go dtí mo mham mhór. Tabharfaidh sí an-aire duit agus beidh do dhóthain le hithe agat. A chréatúir, is tú atá lom, tanaí.'

D'iompaigh mé is chonaic mé garsún deas nach raibh níos mó ná cúig bliana d'aois taobh liom agus bhí deirfiúr níos óige ná é ag teacht chugainn.

'A Sheáinín,' ar sí, 'cad atá tú a rá leis an asal?'

'Tá mé ag rá leis teacht chun cónaithe linn; tá sé go haonraic.'

'Ó, a Sheáinín, tógaimis linn é. Fan go rachaidh mé suas ar a mhuin. A bhuime, a bhuime, cuir in airde ar an asal mé.'

Chuir an bhuime an ghirseach ar mo mhuin. Ba mhaith le Seáinín mé a threorú ach ní raibh srian orm.

'Fan, a bhuime, go gcuire mé mo chiarsúr timpeall ar a mhuineál.'

Rinne Seáinín iarracht ach bhí an ciarsúr ró-ghairid do mo mhuineál.

'Cad a dhéanfaimid anois, a bhuime?' arsa Seáinín agus é ag gol nach mór.

'Téimis go dtí an sráidbhaile agus gheobhaimid téad ansin,' arsa an bhuime. 'Caithfidh tú teacht anuas, a Shiobhán.'

Ach chloígh Siobhán liom agus dúirt go bhfanfadh sí ar mo mhuin nó go rachaimis abhaile.

'Ach nach bhfeiceann tú nach bhfuil srian ná aon rud air? Ní bhogfaidh sé cos.'

'Fan go bhfeice tú, a bhuime,' arsa Seáinín. 'Chuala mé na daoine ag tabhairt Napoleon air. Meallfaidh mé ar aghaidh é agus is dóigh liom go leanfaidh sé mé.'

Chuir Seáinín a bhéal le mo chluas agus arsa sé i gcogar: 'Téanam ort, a Nap. Déan, a asail chóir.'

Tháinig grá i mo chroí don gharsún. Níor chuimhnigh sé ar aon chor ar bhata a fháil. Cheap sé go ndéanfainn rud air ach mé a mhealladh le briathra is cineáltas. Bhog mé liom ar aghaidh.

'Féach, a bhuime, tá sé ag teacht. Aithníonn sé mé. Tá cion aige orm,' arsa Seáinín agus a shúile ag lonrú le háthas. Rith sé amach romham chun an tslí a thaispeáint.

'An amhlaidh a cheapann tú go bhfuil ciall ar bith ag an seanasal? Tá sé ag siúl mar nach bhfuil a mhalairt le déanamh aige.'

'Ach, a bhuime, tá sé ag teacht i mo dhiaidh, féach!'

'Tá, mar go bhfaigheann sé boladh an aráin atá i do phóca agat.'

'An dóigh leat go bhfuil ocras air, a bhuime?'

'Is dóigh liom go bhfuil mar nach bhfuil pioc feola ar a chnámha.'

'Tá sé lom, tanaí, ar ndóigh. Agus, a Nap bhoicht, níor chuimhnigh mé ar an arán atá i mo phóca a thabhairt duit.'

Tharraing sé amach ceapaire as a phóca is shín amach chugam é.

Chuir caint na buime fearg orm agus bhí seans agam anois chun a nochtadh di go raibh an mícheart aici. Dúirt sí nár theastaigh uaim ach an t-arán agus nach raibh mé ach ag cuimhneamh orm féin. Mar sin níor ghlac mé an t-arán a síneadh amach chugam. Ní dhearna mé ach lámh an gharsúin a lí.

'A bhuime, a bhuime, tá sé ag pógadh mo láimhe. Ní theastaíonn mo chuid aráin uaidh. Tá sé do mo leanúint mar go bhfuil cion aige orm. Níl sé ag iarraidh an aráin ar aon chor.'

'Má tá sárasal agat, is amhlaidh is fearr. Ní maith liom asal mar ní fhaca mé ceann acu riamh nach raibh ceanndána, míthuisceanach.'

'Ó, a bhuime, níl Nap ceanndána. Tá sé cneasta, macánta.'

'Feicfimid an mbeidh sé mar sin go ceann i bhfad,' arsa an bhuime.

'Nach mbeidh tú cineálta i gcónaí liom féin is le Siobhán?' arsa Seáinín liom agus é do mo chuimilt lena lámh.

D'iompaigh mé mo cheann agus d'fhéach mé air go grámhar. Tá mé cinnte gur thuig sé an fhéachaint sin agus gan ann ach garsúinín. D'fhéach mé go feargach ar an mbuime agus thuig sise chomh maith mar dúirt sí: 'Tá drochshúile aige. Tá sé chomh dona sin go n-íosfadh sé mé dá mbeadh seans aige.'

'Ó, a bhuime,' arsa Seáinín, 'cheap mé ón bhféachaint a thug sé orm go mba mhaith leis mé a phógadh.'

Bhí an ceart ag an mbeirt acu agus agamsa chomh maith. Bhí fúm a bheith cineálta, cneasta le Seáinín is Siobhán nó le duine ar bith eile a bheadh cineálta liom. Bheinn doicheallach, dúr le héinne a thabharfadh drochíde dom mar a thug an bhuime.

Shiúlamar ar aghaidh agus lean siad den chaint agus ba ghearr go rabhamar ag teach a maime móire. D'fhág siad mé ag an doras agus sheas mé ansin gan chorraí, gan oiread agus sop féir a ithe. I gceann cúpla nóiméad tháinig Seáinín ar ais agus a mham mhór in éineacht leis.

'Tá sé ciúin, cneasta, a mham mhór; tá cion aige orm. Ná creid a ndúirt an bhuime,' arsa sé.

'Ná creid caint na buime, a mham mhór,' arsa Siobhán agus í ag teacht amach ina ndiaidh.

'Ba mhaith liom eolas a chur ar an asal ardnósach seo,' arsa sí agus meangadh gáire ar a béal.

Tháinig sí chugam is chuimil mo cheann is mo chluasa is chuir a lámh ar mo phus. Níor chorraigh mé uaithi.

'Féachann sé ciúin, cneasta. Cén fáth go ndúirt tú, a Eibhlín, go raibh sé fíochmhar?'

'Nach bhfuil sé go maith, a mham mhór? An bhfuil cead againn é a choimeád?'

'Is dóigh liom go bhfuil sé go breá cneasta ach ní féidir é a choimeád mar ní linn é. Caithfimid é a thabhairt ar ais dá mháistir.'

'Níl máistir ar bith aige, a mham mhór.'

'Cad é sin atá tú a rá? Ní fíor é?'

'Is fíor, a mham mhór. Chuala mé na daoine á rá nach bhfuil.'

'Ní ligfí sa rás é gan máistir chun an díolaíocht a íoc.'

'Chuir seanbhean réal sa mhála, a mham mhór. Theastaigh uaidh féin rith sa rás. Thug an bhean réal ar a shon agus bhuaigh sé an duais di ach níl máistir aige. Napoleon is ainm dó. Ba le cailín a fuair bás é. Chuir a tuismitheoirí an ruaig air agus b'éigean dó an geimhreadh a chaitheamh sa choill.'

'Napoleon, an ea? Chuala cách trácht ar an asal ciallmhar a shábháil a mháistreás ón tine. Tá áthas mór orm é a fheiceáil. Is cliste an t-ainmhí é.'

D'fhéach siad go léir orm ar feadh tamaill fhada. Bhí móráil orm go raibh mo thuairisc ar fud an cheantair. Shín mé amach mo phus le neart mórála is chroith mé mo cheann.

'Tá sé lom, tanaí, an créatúr bocht. Fuair sé an-drochíde tar éis a ndearna sé,' arsa an bhean uasal go brónach. 'Coimeádaimis é, a chuid, coimeádaimis an créatúr mar thug na daoine go mba chóir dóibh bheith ceanúil air, thug siad an doicheall dó. Glaoigh ar an mbuachaill aimsire stábla a dhéanamh réidh don asal.'

Bhí áthas an domhain ar Sheáinín agus d'imigh leis ar an bpointe ar lorg an bhuachalla aimsire. Nuair a tháinig sé dúirt sí leis bia is deoch a thabhairt dom agus an stábla a dhéanamh réidh.

'An dtógfar ar ais go dtí a mháistir é amárach, a bhean uasal?'

'Ní thógfar, a dhuine. Níl aon mháistir aige. Cuireadh an ruaig air as an áit a raibh sé. Tháinig sé go dtí an sráidbhaile agus fuair na leanaí é. Thug siad abhaile leo é agus táimid chun é a choimeád.'

'Tá an ceart agat, a bhean uasal, níl a leithéid sa pharóiste. Chuala mé a lán mar gheall air. Tá sé ráite go dtuigeann sé caint daoine. Téanam ort, a Nap, téanam ort agus ith do chuid coirce.'

Lean mé é ar an bpointe.

'Is ait an rud é,' arsa an bhean uasal, 'tá mé nach mór cinnte gur thuig sé an focal coirce.'

Napoleon Tinn

Chuaigh sí ar ais go dtí an teach. Tháinig Siobhán agus Seáinín i mo dhiaidh go dtí an stábla. Chuir an buachaill aimsire mé isteach le dhá chapall agus asal eile. Socraíodh leaba dheas dom is tugadh roinnt coirce dom.

'Tabhair a thuilleadh dó,' arsa Seáinín, 'tá sé tuirseach tar éis na rásaí.'

'Ní cóir an iomarca a thabhairt dó. Bheadh teaspach air agus ansin ní fhéadfá dul ag marcaíocht air ná do dheirfiúr ach chomh beag.'

'Tá sé chomh cneasta sin nach ndéanfadh sé dochar d'éinne.'

Thug siad a lán coirce dom is d'fhág siad galún uisce in aice liom. Bhí tart orm agus d'ól mé a lán uisce. D'ith mé roinnt mhaith coirce agus bhí áthas mór orm go bhfuair Seáinín mé. Rinne mé mo mhachnamh ar chúrsaí an lae. Luigh mé síos ar an tuí agus ba ghearr go raibh mé i mo shámhchodladh.

An lá ina dhiaidh sin ní raibh puinn le déanamh agam ach na leanaí a thabhairt amach ar feadh uair an chloig nó mar sin. Tháinig Seáinín agus thug sé roinnt coirce dom –

dóthain trí asal. D'ith mé gach pioc de agus bhí mé breá sásta liom féin. Ach an treas lá bhí mé go dona, bhí pian mhór i mo cheann is i mo bholg. Níor fhéad mé greim bia a ithe ná éirí i mo sheasamh.

Tháinig Seáinín chugam mar ba ghnách is ghlaoigh amach: 'Féach, tá Nap ina luí. Éirigh, a Nap, is mithid duit é. Tá mé chun do chuid coirce a thabhairt duit.'

Rinne mé iarracht ar éirí ach thit mo cheann siar ar an tuí.

'Ó, a thiarcais, tá an t-asal bocht breoite,' arsa sé agus ghlaoigh ar an mbuachaill aimsire.

'Cad atá air?' arsa an buachaill. 'D'ith sé an bricfeasta ceart go leor go moch ar maidin.'

Chuaigh sé go dtí an mainséar is d'fhéach isteach. 'Níor bhlais sé greim bia; ní foláir nó go bhfuil sé breoite. Tá a chluasa te agus tá saothar air.'

'Cad a tharla dó, ní fheadar!' arsa Seáinín agus eagla air.

'Tá fiabhras air, tá sin; thug tú an iomarca le hithe dó. Bhí a fhios agam conas a bheadh an scéal. Bhí an créatúr bocht stiúgtha leis an ocras i rith an gheimhridh. Is léir sin d'éinne a d'fhéachfadh air. Bhí an rás ró-dhian air an lá cheana. Ba chóir gan ach beagáinín coirce a thabhairt dó agus go leor féar glas, úr. Ach thug tú an iomarca coirce ar fad dó.'

'Bó, bó, an t-asal bocht! Gheobhaidh sé bás agus mise faoi deara é,' arsa Seáinín agus é ag gol.

'Ní bhfaighidh sé bás má chuirtear ar féar é agus taoscán fola a tharraingt uaidh.'

'Ach gortóidh sin go mór é,' arsa Seáinín, agus na deora móra ina shúile.

'Ní ghortóidh ar aon chor. Fan go bhfeice tú.'

'Ní fhanfaidh mé. Ní fhéachfaidh mé ort,' arsa Seáinín agus é ag imeacht as an stábla. 'Tá mé cinnte go mbeidh pian mhór air.'

As go brách leis. Thóg an giolla amach a scian is ghearr féith bheag i mo mhuineál is rith an fhuil amach. Ba ghearr go raibh biseach orm. Ní raibh aon mheadhrán i mo cheann. Bhí mé in ann anáil a tharraingt go héasca agus níorbh fhada gur éirigh mé. Tugadh meascachán dom le hól agus i gceann uair an chloig ligeadh amach sa pháirc mé.

I gceann seachtaine bhí mé slán arís. Bhí Seáinín is Siobhán an-chineálta ar fad dom: ba mhó cuairt a thug siad orm gach lá: stoithidís féar dom chun nach mbeadh orm féin cromadh síos; thugaidís glasraí is meacain dom ón ngairdín agus gach tráthnóna nuair a théinn ar ais go dtí an stábla bhíodh sólaistí sa mhainséar romham – slisneach prátaí is salann orthu.

Lá amháin theastaigh ó Sheáinín cúisín a chur faoi mo cheann mar cheap sé nach raibh sop tuí maith go leor dom. Lá eile tháinig Siobhán chugam agus cuilt aici le cur orm ar eagla nach mbeinn te go leor. Chuir siad ceirteacha plainín timpeall ar mo lorgaí. Cúis bhróin dom i rith an ama nár fhéad mé mo bhuíochas a ghabháil leo. Thuig mé an scéal ar fad ach níor fhéad mé focal a rá.

NA GADAITHE

Nuair a bhí mé slán folláin arís chuala mé na leanaí á rá go raibh picnic le bheith acu sa choill. Bhí siad féin is a ngaolta chun scata asal a *hire*áil i gcomhair an lae. B'fhada liom go bhfaca mé scata mór asal bailithe maidin amháin sa chlós. Ón sráidbhaile a tháinig a bhformhór agus bhí gach asal acu nach mór sa rás liom. D'aithnigh mé an t-asal a bhain greim as m'eireaball sa rás agus d'fhéach sé orm go crosta ach níor staon mé dó.

Bhí naonúr ar fad sa pháirtí agus gaolta Sheáinín iad go léir. Bhí faoi na máithreacha dul ar na hasail leis na leanaí agus bhí na haithreacha chun dul ag coisíocht agus bataí acu chun asal ar bith a bheadh leisciúil a ghríosú. D'éirigh clampar eatarthu roimh imeacht dóibh. Cén duine a mbeadh an t-asal ab fhearr aige? Theastaigh ó gach duine mise a bheith aige agus ní raibh éinne sásta a chéad rogha a thabhairt do dhuine eile. Chuir siad mar sin ar chrainn mé. Col ceathar Sheáinín a tharraing m'ainm as an mála. Lugh ab ainm dó agus garsún deas a bhí ann. Bheinn lánsásta mura mbeadh go bhfaca mé Seáinín ag cuimilt na ndeor dá shúile. Gach uair a d'fhéachadh sé orm thagadh deora ina shúile. Ba thrua liom nár fhéad mé sólás a thabhairt dó ach b'éigean dó dul i m'éagmais.

Thogh sé asal is dúirt le Lugh: 'Fanfaidh mise i ngar duit, a Lugh: ná lig do Napoleon dul ró-thapa nó ní bheidh mé in ann coimeád suas leat.'

'Ní baol go bhfágfar siar thú. Cén fáth nach rachfá chomh tapa liomsa?'

'Mar is eol do chách gurb é Napoleon an t-asal is gaiste ar an mbaile seo,' arsa Seáinín.

'Cá bhfios duit sin?' d'fhiosraigh Lugh.

'Bhuaigh sé orthu go léir sa rás an lá cheana.'

Dúirt Lugh nach ngluaisfeadh sé go ró-thapa agus as go brách leis an dá asal ar sodar. Bhí asal Sheáinín maith go leor agus bhog muid ar aghaidh go breá réidh. Tháinig an chuid eile inár ndiaidh agus i gceann uair an chloig shroiseamar an choill agus chuaigh na leanaí ag féachaint ar fhothrach seanmhainistreach san áit. Níor mhaith le duine acu dul ann ina aonar mar deirtí go mbíodh osnaíl is olagón le cloisteáil san fhothrach. Daoine a rinne magadh faoi na fuaimeanna greannmhara seo is a chuaigh ag triall ar an áit uaigneach seo in am marbh na hoíche, níor tháinig siad ar ais slán arís.

Nuair a thuirling gach duine dá asal ligeadh saor sinn sa pháirc. Tugadh rabhadh do na leanaí gan dul ró-fhada óna dtuismitheoirí agus d'imigh an dream go léir isteach sa choill. Tháinig eagla orm agus mé ag féachaint orthu ag imeacht. Níor fhan mé i bhfad leis na hasail eile ach chuaigh mé liom féin faoi scáth stua ar chnocán le hais na coille tamall ón mainistir. Bhí mé deich nóiméad nó mar sin faoin stua nuair a chuala mé fothram in aice liom. Chuaigh mé i bhfolach faoi bhalla. Chuaigh an fothram i méid: samhlaíodh dom gur tháinig sé aníos chugam. Níorbh fhada gur chuir fear a cheann amach as an scairt.

D'fhéach sé ina thimpeall. 'Níl aon rud ann,' arsa sé de ghlór íseal. 'Téanam oraibh amach, a bhuachaillí. Tógaigí libh asal an duine agus bígí tapa.'

Tharraing sé é féin aníos as an bpoll agus tháinig dháréag ina dhiaidh.

'Má ritheann na hasail uaibh, bíodh acu, ná rithigí ina ndiaidh. Ná déanaigí fuaim ar bith.'

Siúd ar aghaidh leis na fir go ciúin is go tapa faoi na crainn. Bhí na hasail le hais na coille. Rug na gadaithe ar asal an duine is threoraigh isteach sa choill iad. Níor chuir asal ar bith acu ina gcoinne. Bhí siad chomh ciúin ag imeacht dóibh is a bheadh scata caorach. Cúig nóiméad ina dhiaidh sin tháinig na gadaithe ar ais go dtí an stua. Bhí siad tar éis na hasail a chur i bhfolach sa choill. Chuala mé iad ag dul isteach sa phluais faoi thalamh agus bhí gach ní ciúin ina dhiaidh sin.

'Gan dabht ar an domhan,' arsa mé liom féin, 'tá gadaithe i bhfolach thíos i siléir na mainistreach agus ní mór breith orthu; ach conas a dhéanfar sin?'

Bhí amharc agam ar an bhfothrach is ar an tír ina thimpeall ón áit a raibh mé i bhfolach. Níor chorraigh mé nó gur chuala mé glórtha na leanaí agus iad ag lorg na n-asal. Rith mé amach chucu chun iad a choimeád ón stua is an scairt a bhí mar chlúdach ar dhoras na siléar.

'Sin é Napoleon,' arsa Lugh. 'Ach cá bhfuil na hasail eile?' arsa na leanaí d'aon ghuth.

'Ní foláir nó tá siad i ngar don áit seo,' arsa athair Lugh. 'Téimis ar a lorg.'

'Ní mór dúinn cuardach taobh thall den stua ansin,' arsa athair Sheáinín. 'Tá an féar go maith ann agus sin an áit a bhfuil siad.'

Thuig mé gur mhór an dainséar dóibh dul ann agus rith mé ar mo dhícheall go dtí an stua chun cosc a chur leo. Rinne siad iarracht chun mé a chur ar leataobh ach ní ligfinn dóibh dul tharam. Labhair athair Lugh.

'Éistigí liom,' ar sé, 'tá a fhios againn go léir go bhfuil tuiscint ar leith ag an asal sin; ní gan a chúis féin atá sé dár gcoimeád siar. Téimis ar ais. Rud eile, is dócha go bhfuil na hasail eile thall.'

'Is dóigh liom go bhfuil an ceart agat, a dhuine chóir,' arsa athair Sheáinín, 'mar feicim go rabhthas ag siúl ar an bhféar in aice an stua. Is é is dóichí ná gur goideadh ár n-asail.'

Chuaigh siad ar ais go dtí an áit a raibh na mná is na leanaí. Lean mé iad agus áthas croí orm gur éirigh liom iad a chosaint ar an dainséar. Labhair siad le chéile os íseal agus ghlaoigh siad orm.

'Cad a dhéanfaimid anois?' d'fhiosraigh máthair Lugh. 'Ní féidir le hasal amháin na leanaí go léir a iompar.'

'Cuirimis na leanaí is óige air,' arsa máthair Sheáinín, 'agus tig leis an gcuid eile siúl linne.'

Chuir siad ceathrar leanaí ar mo mhuin agus as go brách liom ar sodar go breá réidh. Bhí mé ábalta iad a iompar gan aon dua.

'Go réidh socair, a Napoleon,' arsa duine de na fir liom. 'Go réidh chun go bhféadfaimis greim a choimeád ar na leanaí.'

Shiúil mé ansin leis na mná is na leanaí ba shine agus tháinig na fir inár ndiaidh.

'A mham, cad ina thaobh nach ndeachaigh daid ar lorg na n-asal?' arsa Anraí, an leanbh ab óige.

'Ní dheachaigh mar ceapann do dhaid gurbh fhearr gan dul ar thóir na ngadaithe go fóill.'

'Gadaithe! Cé a ghoidfeadh iad? Ní fhaca mé gadaí ar bith.'

'Ní fhaca mise iad ach chomh beag, ach tá lorg a gcos in aice leis an stua.'

'Más mar sin atá an scéal, a mham, ba chóir dul ar a lorg.'

'Ní bheadh sin ró-chiallmhar, a mhic. Tá gach dealramh go raibh scata maith gadaithe ann. Is dóichí ná a chéile go raibh siad armtha agus ghortóidís d'athair.'

'Cad é an sórt arm a bheadh acu?'

'Bheadh sceana agus b'fhéidir piostail.'

'Agus an rabhamar i gcontúirt mhór gan fhios dúinn?' d'fhiosraigh cailín óg. 'Tá áthas orm nár fhanamar i bhfad ann.'

'Déanaimis deifir abhaile,' arsa a mamaí, 'mar caithfidh do dhaid dul isteach sa bhaile mór.'

'Cad chuige, a mham?'

'Chun an scéal a insint do na póilíní agus iarracht a dhéanamh ar ár gcuid asal a fháil ar ais.'

Níorbh fhada go rabhamar sa bhaile agus bhí ionadh ar na seirbhísigh nuair a chonaic siad an ceathrar leanaí ar mo mhuin agus an chuid eile ag coisíocht.

Insíodh do bhean an tí i dtaobh na n-asal. Gléasadh capall agus chuaigh beirt ag triall ar na póilíní. Cúpla uair an chloig ina dhiaidh sin d'fhill siad ar ais agus seisear constáblaí in éineacht leo. Bhí piostal is gunna ag gach constábla acu agus iad réidh chun dul ar thóir na ngadaithe. D'iarr bean an Tí Mhóir orthu roinnt bia a ithe agus shuigh siad uilig chun boird.

Na Pluaiseanna faoi Thalamh

Bhí deifir chun imeachta ar na póilíní agus mar sin níor fhan siad ach tamall beag istigh. D'iarr siad cead mise a thabhairt leo.

'Ba mhaith linn é a bheith againn,' arsa an sáirsint le bean an tí. 'Chualamar go bhfuil tuiscint thar meán aige agus ní bheidh aon obair chrua le déanamh aige.'

'Bíodh sé agaibh is fáilte,' arsa an bhean uasal, 'ach tá tuirse air cheana féin. Rinne sé an t-aistear go dtí an choill ar maidin agus tháinig ar ais agus ceathrar leanaí ar a mhuin.'

'Ná bíodh aon chathú ort ina thaobh, a bhean uasal,' arsa an sáirsint. 'Ní bheimid ró-dhian air.'

Bhí mo dhóthain coirce, glasraí is meacan ite agam cheana féin. Nuair a tháinig siad faoi mo dhéin bhí mé réidh sa stábla. Chuaigh mé ar aghaidh amach rompu mar a dhéanfadh treoraí bóthair. Níor chuir siad isteach orm ar aon chor mar fir chineálta ab ea iad. Bíonn daoine anuas ar phóilíní go minic agus ní ceart sin ar aon chor. Pé scéal é bhí siad deas, lách liom an lá úd.

Bhí sé ag déanamh ar thitim na hoíche nuair a shrois muid an mhainistir. D'fhág na constáblaí a gcuid capall sa sráidbhaile in aice na háite ar eagla go mbeidís sa tslí orthu. Threoraigh mé iad go dtí an stua mar a bhfaca mé an gadaí ag teacht amach. Stad na constáblaí i ngar don stua agus tháinig imní orm. Chun iad a bhogadh ar aghaidh tamall eile thug mé cúpla coiscéim taobh thiar den bhalla. Lean siad mé agus nuair a bhí siad go léir le hais bhéal na pluaise chuir mé mo cheann san aer is ghlaoigh mé in ard mo ghutha. Nóiméad ina dhiaidh sin d'fhreagair na hasail istigh mé. Thug mé coiscéim i dtreo na gconstáblaí agus thuig siad cad é a bhí uaim agus thosaigh mé ag glaoch arís. Ní bhfuair mé freagra ar bith an babhta seo. Bhí a fhios agam nárbh fholáir nó gur cheangail na gadaithe clocha de rubaill na n-asal. Is eol do chách go n-ardaíonn asal a ruball nuair a bhíonn sé ag glaoch. Níor fhéad mo chomrádaithe istigh mé a fhreagairt.

Bhí mé i mo sheasamh timpeall le dhá shlat ó bhéal na pluaise. Chonaic mé ceann fir á shá suas tríd an scairt. Ní fhaca sé ach mise amháin.

'Sin rascail nár thugamar linn ar maidin,' arsa sé. 'Is gearr go mbeidh tú le do chairde, a bhithiúnaigh.'

Shín sé amach a lámh chun breith orm ach dhruid mé cúpla coiscéim uaidh. Tháinig sé i mo dhiaidh agus dhruid mé uaidh arís go dtí go raibh mé ag an mballa mar a raibh na constáblaí. Ní raibh sé d'uain aige húm ná hám a rá nó gur rug siad air is cheangail é go docht, daingean. Chuaigh mé ar ais arís agus ghlaoigh mé in ard mo chinn agus ba ghearr gur chuir an dara fear a cheann amach. Níor fhéad sé breith orm agus mheall mé anonn go dtí an balla é.

D'imir mé an cleas céanna díreach air agus gabhadh é ar an bpointe. Lean mé den chleas nó go raibh seisear acu gafa ceangailte ag na póilíní. Theip orm a thuilleadh a mhealladh amach. Um an dtaca seo bhí an dorchadas ann agus níor fhéadamar aon rud a fheiceáil. Chuir an sáirsint duine de na póilíní go dtí an sráidbhaile chun cúnamh a fháil leis na gadaithe a ionsaí agus an seisear a gabhadh a thabhairt i dtrucail go dtí an bheairic.

Lena linn sin chualamar fothram greannmhar ag teacht ón stua mar a bheadh adhmad ag dó. Níor fhéad na póilíní a dhéanamh amach ar dtús cad é faoi deara é. I gceann tamaill thosaigh deatach tiubh ag teacht amach ó fhuinneoga íochtaracha na mainistreach. Léim na bladhmanna amach is ba ghearr go raibh an áit ar fad trí thine.

'Chuir siad na siléir trí thine chun go bhféadfaidís éalú trí na doirse,' arsa an sáirsint.

'An ndéanfaimid iarracht ar an tine a mhúchadh?' arsa duine de na fir.

'Ná déan. Bígí ag faire ar na doirse is má fheiceann sibh na gadaithe ag teacht amach, scaoiligí leo.'

Bhí an ceart ag an sáirsint. Is éard a theastaigh ó na gadaithe istigh ná a gcomrádaithe a ligean saor a fhad is a bheadh na póilíní ag múchadh na tine. Níorbh fhada go bhfacamar an seisear gadaithe is a gcaptaen ag rith amach ón gcoill. Ní raibh ach triúr póilíní ann agus scaoil siad leo sula raibh sé d'uain ag na gadaithe gunna a ardú. Thit beirt agus lig an treas fear a phiostal as a ghlac mar briseadh a lámh. D'ionsaigh an triúr eile is an captaen na póilíní agus b'fhíochmhar ar fad troid na gclaíomh is na bpiostal. Sula raibh am ag na póilíní a bhí ag faire ar an taobh thall den mhainistir teacht á bhfóirithint bhí an cath beagnach thart. Bhí captaen na ngadaithe ag déanamh comhrac aonair le constábla mór; sin an méid a bhí ar a gcosa anois. Bhí an bheirt eile ar lár. Cuireadh deireadh obann leis an gclampar. Gabhadh is ceanglaíodh an captaen.

Le linn na troda chuaigh an tine in éag; ní raibh ag dó ach sceacha tirime. Ní dheachaigh an sáirsint isteach sa mhainistir mar theastaigh uaidh fanacht leis an gcabhair a bhí ag teacht. Bhí sé déanach san oíche nuair a tháinig seisear eile leis an trucail chun na gadaithe a thabhairt go dtí an príosún. Tugadh na póilíní a bhí leonta go dtí an t-ospidéal.

Chuaigh an sáirsint agus ochtar eile síos féachaint cad a bhí ins na siléir. Lean mé iad. Bhí na hasail go léir bailithe isteach i seomra mór agus na clocha ceangailte dá rubaill. Ligeadh saor iad agus thosaigh siad ag glaoch os ard is rinne siad fothram mór.

'Stadaigí den ghleo uafásach sin,' arsa constábla, 'nó ceanglófar na clocha díbh arís.'

'Ná bac leo,' arsa fear eile. 'Tá siad ag moladh Napoleon.'

'B'fhearr liom go ndéanfaidís ar shlí eile é,' arsa an chéad fhear is é ag gáire.

'Ní thaitníonn ceol leis an bhfear úd,' arsa mé liom féin. 'Is ceolmhar iad glórtha mo chairde. Níl siad ach ag canadh amhrán na saoirse.'

Chuamar isteach níos faide. Bhí ceann de na seomraí lán go doras le rudaí a ghoid na ropairí ó mhuintir na comharsanachta. I seomra eile fuaireamar triúr fear i bpríosún. Coimeádadh ansin iad chun cócaireacht a dhéanamh do na gadaithe. Dúirt duine acu go raibh sé ina chime le dhá bhliain. Ceanglaíodh cloig bheaga dá gcosa is dá lámha chun go gcloisfeadh na gadaithe iad ag corraí. Lig na póilíní saor iad is thug siad na hasail leo go dtí an Teach Mór is na gadaithe go dtí an príosún.

Bhí cách do mo mholadh. Gach uair a chuirinn mo cheann amach chloisinn na daoine á rá lena chéile: 'Sin é an t-asal iontach – an t-asal gur fiú níos mó é ná a bhfuil d'asail ar an domhan.' Bhí mé mórálach asam féin gan aon dabht.

An Fiach

Cúpla lá ina dhiaidh sin bhí ceaptha ag fir an Tí Mhóir dul amach ag fiach. Bhí Tomás is Anraí réidh tamall maith roimh an gcuid eile mar ba é sin an chéad uair a tugadh gunnaí dóibh. Bhí siad gealgháireach mar cheap siad go raibh siad ina bhfir ón lá sin amach. Chroch siad na málaí ar a nguaillí agus ba dhóigh le duine orthu nach bhfágfaidís éan gan marú sa chomharsanacht. D'fhéach mé orthu gan dul i ngiorracht dóibh.

'A Thomáis,' arsa Anraí, 'cá gcuirfimid na héin nuair a bheidh na málaí lán againn?'

'Sin é an rud díreach go raibh mé féin ag machnamh air,' arsa Tomás. 'Iarrfaidh mé ar dhaid Napoleon a thabhairt linn.'

Níor thaitin an chaint seo liom mar is eol do chách gur dainséarach a bheith i ngar do bhuachaillí óga agus gunnaí acu. Má aimsíonn siad ar éan is dóichí ná a chéile nach éan a thiteann. D'fhan mé mar sin go himníoch le freagra an athar.

'A athair,' arsa Tomás, 'an bhfuil cead againn Napoleon a thabhairt linn?'

'Cad chuige?' arsa an t-athair agus é ag gáire. 'An amhlaidh gur mian libh dul ar marcaíocht i ndiaidh na n-éan? Más mar sin atá an scéal ní mór dúinn dhá sciathán a sholáthar don asal.'

'Ní mian,' arsa Anraí go crosta. 'Teastaíonn sé uainn chun na héin sa bhreis a iompar nuair a bheidh na málaí lán againn.'

'Chun an géim a iompar, an ea?' arsa an t-athair go magúil. 'An dóigh libh go maróidh sibh éan ar bith, gan trácht ar lán na málaí?'

'Ná bí ag magadh fúinn, a athair,' arsa Anraí go feargach. 'Tá fiche urchar i mo phóca agus maróidh mé cúig éan déag leo ar a laghad.'

'Há, há, há, tá sin go maith. An bhfuil a fhios agat cá mhéad éan a bheidh agat ag teacht abhaile?'

'Cá mhéad, a athair?'

'Diabhal éan ar bith,' arsa an t-athair.

'Cén fáth mar sin gur tugadh gunnaí dúinn ar aon chor?' arsa Anraí.

Tháinig col ceathar dóibh darbh ainm Aibhistín ansin agus stadadh den chaint. Bhí Tomás is Anraí ró-fheargach chun aon rud a rá go ceann tamaill.

'Deir m'athair nach lámhfaimid éan ar bith,' arsa Tomás, 'ach taispeánfaimid dó go bhfuil dul amú air.'

'Is cuma cad a deir sé,' arsa Aibhistín, 'gheobhaimid níos mó ná iad sin.'

'Cén fáth gur dóigh leat sin?' d'fhiosraigh Anraí.

'Mar tá sinne luath, óg, láidir,' arsa Aibhistín, 'agus tá ár n-aithreacha ag dul in aois.'

'Tá an ceart agat,' arsa Anraí. 'Tá m'athair a dó is daichead, tá Tomás cúig bliana d'aois agus táimse trí bliana déag. Is mór an difríocht sin.'

'Agus tá m'athairse a trí is daichead agus nílimse ach a ceathair déag,' arsa Aibhistín.

'Féachaigí anseo,' arsa Tomás. 'Cuirfidh mé an diallait ar an asal gan focal a rá. Leanfaidh sé sinn agus iompróidh sé an géim dúinn.'

'Tá an ceart agat,' arsa Aibhistín. 'Cuir na feadhnóga móra air; cá bhfios nach fia mór a mharóimis agus bheadh gléas maith iompair uainn.'

Anraí is ea a chuir an diallait is na feadhnóga orm. Níor fhéad mé gan gáire mar bhí a fhios agam nach mbeadh orm fia a iompar abhaile.

'Anois, táimid réidh,' arsa duine de na fir. 'Rachaimidne amach romhaibh, a bhuachaillí. Nuair a shroisfimid an portach scarfaimid óna chéile.'

'Cén fáth go bhfuil an t-asal dár leanúint agus na feadhnóga móra air?' d'fhiosraigh athair Thomáis agus ionadh air.

'Chun an géim a iompar abhaile, is dócha,' arsa fear eile.

'Bíodh ag na buachaillí,' arsa athair Thomáis is meangadh gáire ar a bhéal. D'fhéach na buachaillí air ar nós cuma liom.

'An bhfuil casúr do ghunna ardaithe agat, a Thomáis?' arsa Anraí.

'Níl,' d'fhreagair Tomás. 'Tá sé chomh crua sin é a ardú is a ísliú go mb'fhearr liom fanacht go dtí go n-éiríonn éan.'

'Táimid sa riasc anois,' arsa an t-athair. 'Scaraimis amach óna chéile in aon líne amháin agus siúlaimis ar aghaidh. Ná scaoiligí ach romhaibh amach ar eagla na heagla.'

Níorbh fhada gur thosaigh na héin ag éirí. D'fhan mé tamall siar uathu agus bhí an ceart agam mar níor tháinig na madraí slán gí go ndearna siad a gcuid oibre ar fheabhas. Bhí pléascadh gunnaí tréan ar siúl gan dabht. Choimeád mé súil ar na buachaillí: ba mhinic a ngunnaí in airde acu ach ní fhaca mé duine acu ag cur éan ina mhála. Ba léir uathu nach raibh siad sásta ar aon chor leis an gcaoi a raibh ag éirí leo. Bhí spórt mór ag na seandaoine agus ba bheag urchar a scaoil siad in aisce. I gceann cúpla uair an chloig tháinig an dream le chéile arís.

'Bhuel, a bhuachaillí,' arsa an t-athair, 'an bhfuil ualach trom á iompar ag an asal? An bhfuil slí ins na ciseáin do mo chuidse? Tá mo mhála ró-lán cheana féin.'

Níor fhreagair na buachaillí mar bhí a fhios acu go maith go raibh fonn magaidh air. Rith mé suas chucu agus d'fhéach an fear isteach ins na ciseáin.

'An amhlaidh,' a deir sé, 'nár mharaigh siad éan ar bith?'

B'fhíor nach raibh éan ar bith ag na buachaillí. Chuir an t-athair na héin a bhí aige ins na ciseáin agus ar ais leis arís agus a mhadra ina theannta.

'Is furasta do d'athair oiread éan agus is mian leis a lámhach,' arsa Aibhistín. 'Tá dhá mhadra aige chun na héin a thabhairt ar ais chuige.'

'Is fíor sin,' arsa Anraí. 'B'fhéidir gur mharaíomar a lán éan ach ní raibh madra againn chun breith orthu ina dhiaidh sin.'

'Mar sin féin ní fhaca mé iad ag titim.'

'Ní thiteann éan leonta ar an bpointe. Eitlíonn sé tamall maith sula dtiteann sé.'

'Ach i gcás m'athar is m'uncail titeann na héin láithreach bonn.'

'Ceapann tú sin mar go bhfuil tú tamall maith uathu. Dá mbeifeá in éineacht leo d'fheicfeá go bhfuil an ceart agam.'

Ní dúirt Tomás aon rud ach ba léir uaidh nár chreid sé caint Aibhistín. Ní raibh duine den triúr coséadromach anois.

'Tá ocras orm,' arsa Anraí.

'Tá tart ormsa,' arsa Aibhistín.

'Tá tuirse ormsa,' arsa Tomás.

Ach b'éigean dóibh coimeád suas leis na fiagaithe. Ní dhearna na fir dearmad ar na buachaillí, ámh, agus tar éis tamaill stad siad is dúirt gur mhithid lón a bheith acu.

Glaodh ar na madraí is ceanglaíodh iad. Bhí giolla ón Teach Mór ag fanacht leo agus ciseán lán de shólaistí aige.

Shuigh siad go léir síos faoi chrann darach is leag siad éadach cláir ar an bhféar. D'ith is d'ól gach duine acu a sháith.

'Ní raibh an rath oraibh inniu,' arsa athair Aibhistín. 'Ní dóigh liom go bhfuil ualach ró-throm ar an asal.'

'Ní haon ionadh sin, a dhaid,' arsa Aibhistín, 'mar nach bhfuil aon mhadra againn.'

'Agus an dóigh leat go gcuirfeadh na madraí iachall oraibh aimsiú díreach?'

'Ní chuirfeadh, ach thabharfaidís na héin mharbha ar ais chugainn, agus ansin –.'

'Na héin mharbha, an ea?' arsa a athair agus ionadh mór air. 'Agus dá mbeadh na madraí agaibh cad a dhéanfaidís?'

'D'fheicfidís na héin ag titim mar tá súile níos géire acu ná mar atá againne.'

Scairt na fir amach ag gáire.

'Tá go maith mar sin, más easpa madraí a bhí oraibh, bíodh madra an duine agaibh anois.'

'Ach ní leanfaidh na madraí sinn,' arsa Tomás. 'Níl taithí acu orainn.'

'Bhuel, rachaidh an bheirt ghiollaí in éineacht libh agus ní chorróimid as an áit seo go ceann leathuair an chloig.'

'Go raibh míle maith agat,' arsa Anraí. 'Beidh oiread éan againn tar éis tamaill is atá agaibhse anois!'

Nuair a bhí an lón thart agus a scíth ligthe acu, as go brách leis na fiagaithe óga agus na madraí is na giollaí in éineacht leo.

'Fiagaithe cearta is ea sinn anois,' arsa siad.

As go brách leo arís agus mise ag leanúint tamall maith siar uathu. Dúirt duine de na fir leis an ngiolla gan ligean do na buachaillí dul ró-fhada uaidh ar eagla go ndéanfaidís aon rud amaideach. D'éirigh na héin ar gach taobh agus scaoil na buachaillí leo mar a rinne siad ó mhaidin. D'oibrigh na madraí go maith, chuardaigh siad, dhírigh siad na héin ach níor thug siad éan ar bith ar ais, ach ní hiad na madraí ba chiontach leis sin. I ndeireadh na dála chonaic Aibhistín ceann de na madraí ag díriú éin agus scaoil sé mar cheap sé go maródh sé an t-éan sula n-éireodh sé. Thit an madra!

'A thiarcais,' arsa an giolla, 'an madra is fearr dá bhfuil againn!'

Bhí an madra sínte marbh nuair a chuaigh siad suas chuige.

'Rinne tú rud amaideach,' arsa an giolla agus é ag féachaint ar an ainmhí marbh. 'Tá deireadh leis an spórt anois.'

Ní dúirt Aibhistín focal. Bhí Tomás is Anraí ag gol nach mór agus bhí an giolla ró-fheargach lena thuilleadh a rá.

Cara mór dom an madra seo a bhí ar lár ag an mbuachaill tuathalach. Chuaigh sé an-dian orm nuair a chonaic mé an giolla ag tógáil an mhadra mhairbh is á chur i gciseán ar mo dhroim! Sin an géim a bhí le hiompar abhaile agam – an madra cneasta a thit le gunna an bhuachalla ghránna.

Ghabhamar ar ais go dtí an fheirm. Ní raibh focal as na buachaillí agus ba léir ó fhéachaint an ghiolla go raibh sé ar buile.

Bhí na fir ann romhainn agus iad ag ligean a scíthe.

'Tháinig sibh ar ais go luath,' arsa siad.

'Is dóigh liom,' arsa athair Anraí, 'go bhfuil fia nó rud mór mar sin acu mar feicim go bhfuil ualach ar an asal.'

D'éirigh siad is shiúil siad faoinár ndéin. D'fhan na buachaillí siar agus chonaic na fir go raibh rud éigin ag déanamh buartha dóibh.

'Níl cuma ró-shásta orthu,' arsa athair Aibhistín.

'B'fhéidir gurb amhlaidh a mharaigh siad lao nó caora,' arsa fear eile.

'Céard atá oraibh, a Mhichíl?' d'fhiosraigh sé den ghiolla. 'Tá cuma bhrónach oraibh.'

'Tá, a mháistir, agus ní hionadh é,' arsa an giolla. 'Is ait an géim atá againn.'

'An amhlaidh gur maraíodh asal nó lao nó caora?' arsa an fear is é ag gáire.

'Ní hamhlaidh, ní haon chúis gháire é. Mharaigh Aibhistín an madra is fearr agaibh.'

'An t-amadán leibideach! Ní ligfidh mé dó gunna a láimhseáil arís. Tar anseo chugam, a Aibhistín,' arsa a athair. 'Féach a bhfuil déanta agat: d'éirí in airde faoi deara é. Fág slán ag do chairde agus imigh abhaile ar an bpointe. Fág an gunna i mo sheomra agus ná cuir do mhéar air arís go dtí go mbeidh splanc chéille agat.'

'Ach, a dhaid,' arsa Aibhistín ar nós cuma liom, 'ní ceart duit bheith chomh feargach. Maraítear madraí mar sin go minic.'

'Madraí! Maraítear madraí le gunnaí!' arsa an t-athair agus é ar buile le fearg. 'Is breá an fear spóirt thú.'

'Ach, a athair,' arsa Aibhistín, 'tá a fhios ag an saol go dtiteann tionóisc amach uaireanta.'

'A chairde,' arsa an t-athair ag iompú ar an gcuid eile, 'ná tógaigí orm é gur thug mé an leibide seo in bhur measc. Níor cheap mé go bhféadfadh mo mhac féin bheith chomh drochmhúinte, amaideach sin.'

D'iompaigh sé ar a mhac arís agus ar seisean: 'Ar chuala tú m'ordú? Imigh!'

'Ach, a athair –.'

'Dún do bhéal! Ná habair a thuilleadh!'

Chrom Aibhistín a cheann is d'imigh leis abhaile.

An tAsal Léannta

Lá amháin chonaic mé na leanaí ag rith chugam sa pháirc. Thosaigh siad ag súgradh i ngar dom agus chuaigh siad suas ar mo mhuin cúpla uair. Cheap siad go raibh siad chomh healaíonta leis na marcaigh sa sorcas, ach caithfidh mé a admháil nach raibh siad go rí-aiclí ar aon chor. Bhí Seáinín beag, ramhar agus ba lú é ná a chol ceathar. Bheireadh Lugh greim ar mo ruball agus théadh suas mar sin. Dhéanadh Seáinín tréaniarracht ar aithris a dhéanamh air ach thiteadh sé gach uair. Níor fhéad sé dul suas gan chúnamh.

Chuaigh mé taobh le cnocán chun seans a thabhairt dóibh dul suas orm go héasca ach chualamar liú na leanaí eile ag teacht faoinár ndéin.

'A Sheáinín, a Lugh!' a ghlaoigh siad amach. 'Tá seó le bheith againn. Táimid ag dul ar an aonach arú amárach agus feicfimid an t-asal léannta.'

'Asal léannta? Céard é asal léannta?' arsa Seáinín.

'Sin asal a bhfuil cleasa aige,' arsa Eilís.

'Cad iad na cleasa?' d'fhiosraigh Seáinín.

'Cleasa – gach sórt cleas,' arsa cailín eile.

'Níl sé chomh maith de chleasaí le Napoleon anseo,' arsa Seáinín.

'É siúd?' arsa Anraí go magúil. 'Tá Napoleon maith go leor ar bhealach ach ní féidir é a chur i gcomparáid leis an asal léannta a bheidh ar an aonach.'

'Tá mé lánchinnte dá mbeadh éinne ann chun na cleasa a thaispeáint do Napoleon go mbeadh sé ar fheabhas,' arsa Caitlín.

'Má fheicimid i dtosach báire cad is féidir leis an asal iontach seo a dhéanamh beidh ar ár gcumas tuairim a thabhairt i dtaobh na ceiste,' arsa Tomás.

'Tá an ceart ag Tomás,' arsa Caitlín. 'Fanaimis nó go mbeidh an t-aonach thart.'

'An dóigh libh go bhfaighimid cead an t-asal a thabhairt linn ar an aonach?' arsa Seáinín.

'Gheobhaimid, cinnte,' arsa Lugh, 'ach caithfimid a insint dóibh ar dtús an fáth go mba mhaith linn go bhfeicfeadh Napoleon asal na gcleas.'

'Rachaimid anois díreach chun cead a fháil,' arsa Seáinín.

Le linn dóibh a bheith ag rith chun an tí casadh a n-aithreacha orthu.

'Tá a fhios agaibh go mbeidh asal léannta ar an aonach arú amárach,' arsa Lugh.

'Níor chuala mé sin,' arsa a athair. 'Ach nach bhfuil Napoleon anseo chomh cliste le hasal ar bith?'

'Sin é díreach an rud a bhíomar a rá,' arsa Lugh. 'Tá mo dheirfiúracha is mo ghaolta ag dul ar an aonach chun an t-asal iontach seo a fheiceáil agus ba mhaith linn Napoleon a thabhairt ann chun go bhfeicfeadh sé cleasa an asail agus aithris a dhéanamh orthu.'

'Agus an amhlaidh gur mian libh Napoleon a thabhairt isteach i lár an aonaigh?' arsa athair Sheáinín.

'Is mian,' arsa Seáinín. 'Rachaimid ag marcaíocht ar Napoleon agus seasfaimid i ngar don áit a mbeidh an t-asal seo ag imirt a chuid cleas.'

'Is cuma liom,' arsa athair Sheáinín, 'ach ní dóigh liom go bhfoghlaimeoidh sé mórán agus gan aige ach ceacht amháin.'

D'fhéach Seáinín orm go himníoch le linn na cainte seo agus thosaigh mé ag glaoch chun a chur in iúl dó go raibh mé sásta.

'Éist, an gcloiseann tú é á rá go bhfuil sé sásta?' arsa Seáinín.

Thosaigh an bheirt fhear ag gáire. D'fhág siad slán ag na leanaí is dúirt siad go raibh cead acu mise a thabhairt leo go dtí an t-aonach.

'Ó,' arsa mé liom féin, 'is beag iontaoibh atá acu asam. Is ait an rud é gur mó an chiall atá ag an aos óg ná ag na daoine fásta.'

B'fhada linn go léir gur tháinig lá an aonaigh. Tháinig siad chugam go moch ar maidin chun mé a ullmhú. Cíoradh agus scuabadh mé go dtí go raibh tuirse orm agus cuireadh diallait is srian úr orm. D'iarr Lugh is Seáinín cead imeachta roimh an gcuid eile.

'Cén fáth gur mhaith libh imeacht romhainn,' arsa Anraí, 'agus conas a rachaidh sibh?'

'Táimid ag dul ag marcaíocht ar an asal agus rachaimid go breá réidh.'

'Agus an mbeidh éinne in éineacht libh?' arsa sé.

'Beidh daid is uncail in éineacht linn,' d'fhreagair Lugh.

Tugadh suas go dtí an doras mór mé agus mé gléasta ar áilleacht an domhain. Bhí an bheirt fhear réidh agus chuir siad na garsúin ar mo mhuin. Chuaigh mé ar aghaidh go mall ionas nach mbeadh orthu sodar i mo dhiaidh.

Bhíomar geall le huair an chloig ag dul go páirc an aonaigh. Chonaiceamar slua mór bailithe timpeall fáinne i lár na páirce. Taobh istigh den fháinne seo bhí an t-asal léannta chun a chuid cleas a imirt. Chuir na fir na garsúin is mise le hais na téide a bhí timpeall an fháinne.

Níorbh fhada gur tháinig na daoine óga eile ón Teach Mór agus sheas siad i ngar dúinn. Buaileadh druma istigh mar chomhartha go raibh asal na gcleas chun teacht amach. D'fhéachamar go léir ar an doras agus shiúil sé amach. Asal beag, tana ab ea é agus cuma an bhróin air. Ghlaoigh a mháistir air agus tháinig sé go mall. Cheap mé uaidh gurbh é an bata a mhúin a chuid cleas dó.

'A dhaoine uaisle,' arsa an máistir, 'tá sé d'onóir agam anois an t-asal is mó ciall ar an domhan a thaispeáint daoibh. Asal ann féin an t-asal seo, a chairde. Tá sé níos ciallmhaire ná an chuid is mó de mo lucht éisteachta. Céadscoth na n-asal is ea é agus níl a shárú ar dhroim an domhain. Téanam ort, a Chluasaigh, agus taispeáin do na daoine uaisle cad is féidir leat a dhéanamh.'

Bhí mé uaibhreach ionam féin i gcónaí agus chuir an chaint seo déistin orm. Shiúil Cluasach cúpla coiscéim ar aghaidh agus d'umhlaigh sé dúinn lena cheann.

'Anois, a Chluasaigh, beir leat na bláthanna seo go dtí an bhean uasal is áille anseo.'

Shín gach bean a lámha amach chun na bláthanna a thógáil uaidh. Ghabh Cluasach timpeall an fháinne cúpla uair, stad is leag síos na bláthanna os comhair bean mhór ghránna. Fuair mé amach ina dhiaidh sin gurbh í bean a mháistir í agus bhí gráinnín siúcra ina lámh aici dó.

Bhí mé ar buile. Léim mé isteach san fháinne agus sciob mé na bláthanna ón mbean mhór agus rinne mé ceann ar aghaidh leo go dtí Caitlín agus leag mé síos ar a glúine iad. Thosaigh na daoine go léir ag gáire is ag greadadh bos. Cheap a lán daoine ar ndóigh go raibh gach rud socraithe roimh ré is go raibh dhá asal ag imirt na gcleas. Bhí aithne ag an gcuid eile orm agus bhí siad sin ins na trithí ar fad.

Ba léir ó mháistir an asail eile go raibh fearg mhór air ach níor chuir Cluasach suim ar bith ionam. Cheap mé go raibh sé dallintinneach, rud is annamh ar fad le hasal.

Nuair a stadadh den ghreadadh bos, ghlaoigh an máistir ar Chluasach arís. 'Anois, a Chluasaigh,' ar sé, 'taispeáin do na daoine uaisle seo go bhfuil gach saghas duine ar an gcomhluadar seo. Tóg an caipín seo agus cuir ar cheann an amadáin is mó anseo é.'

Thug sé caipín amadáin a raibh ribíní ildathacha air is cloig bheaga don asal. Rug Cluasach ar an gcaipín is ghabh timpeall an fháinne agus é idir a fhiacla. Chuir sé an caipín ar bhuachaill mór, rua. Ba léir d'éinne go raibh sé an-chosúil leis an mbean ghránna agus gur mhac don mháistir a bhí ann.

'Anois an t-am,' arsa mé liom féin chun sásamh a bhaint as an bhfear drochmhúinte a dúirt go rabhamar gan chéill.

Ghabh mé isteach san fháinne sular fhéad siad cosc a chur orm; siúd anonn chun an asail mé agus sciob mé hata an amadáin uaidh díreach is é á chur ar cheann mór an gharsúin. Rith mé faoi dhéin an fhir ansin agus leag mé mo dhá chos tosaigh ar a ghuaillí agus rinne mé iarracht ar an hata a chur ar a cheann. Chuir sé uaidh mé go garbh agus é ar buile. Ghlaoigh na daoine amach os ard: 'Molaim, sin é an t-asal léannta i ndáiríre!'

D'éirigh liom sa deireadh an hata a shá síos ar a cheann chomh fada lena smig agus ansin léim mé uaidh. Níor fhéad sé dada a fheiceáil leis an dalladh púicín a bhí air agus thosaigh sé ag léimneach is ag casadh. Rinne mé aithris air ag léimneach is ag casadh is mé i mo sheasamh ar mo chosa deiridh.

Chuaigh na daoine i mo thimpeall ins na trithí ar fad. Níor chuala mé riamh a leithéid de ghreadadh bos is de gháirí. Rinne mé magadh mór den fhear. Tháinig na céadta chugam do mo chuimilt is do m'iniúchadh. Iadsan a raibh aithne acu orm d'inis siad m'ainm do na daoine eile. Chuala mé a lán scéalta mar gheall orm féin, cuid acu fíor, cuid acu bréagach. Dúirt fear gur mhúch mé tine gan cúnamh ó éinne, gur phreab mé suas an staighre is gur oscail mé doras sheomra mo mháistreása, gur thóg mé ón leaba í is gur léim mé amach an fhuinneog is í ar mo mhuin. Dúirt fear eile gur mharaigh mé caoga gadaí gan cabhair ar bith agus gur scaoil mé amach scata mór daoine a bhí i bpríosún ag na gadaithe. Chuala mé scéal na rásaí chomh maith ach an té a d'inis é, dúirt sé gur ar chapaill a bhuaigh mé an rás an lá úd.

Ba ghearr go raibh m'ainm in airde ar fud an aonaigh; dóbair don slua mé a thachtadh an chaoi ar bhrúigh siad isteach ag féachaint orm. B'éigean do na póilíní iad a choimeád siar. Ní raibh aon amharc agam ar na leanaí. Rinne mé mo dhícheall chun éalú ón slua ach theip orm go ceann i bhfad. Chuir mé cuma fheargach orm féin sa deireadh ach níor ghortaigh mé éinne. Níor theastaigh uaim ach scanradh a chur ar na daoine chun go ligfidís amach mé.

Nuair a tháinig mé saor chuaigh mé ar lorg Lugh is Seáinín ach ní raibh a dtásc ná a dtuairisc in aon áit. Níor mhaith liom go mbeadh orthu an bealach abhaile a chur díobh de shiúl a gcos. Níor chaith mé a lán ama á gcuardach ach rith mé go dtí an stábla mar a bhfágtaí capaill an Tí Mhóir. Ghabh mé isteach ann ach ní raibh na capaill ann romham. Amach liom is chuir mé an bóthar abhaile díom ar cosa in airde. Tháinig mé suas leo gan mórán moille.

'Napoleon! Seo chugainn Napoleon!' arsa na leanaí d'aon ghuth nuair a chonaic siad mé á leanúint. Stad an cóiste. D'iarr Seáinín is Lugh cead teacht abhaile ar mo mhuin. Theastaigh uathu mé a mholadh agus comhghairdeas a dhéanamh liom.

Tugadh cead dóibh agus is mé a bhí mórálach asam féin ag dul abhaile dom. Chomh luath is a shroiseamar an teach rith na leanaí go dtí a mam mhór agus d'inis siad an scéal ar fad di.

'Asal iontach is ea é,' arsa sí agus tháinig chugam is leag a lámh go cineálta ar mo cheann. 'Bhí a fhios agam i gcónaí go bhfuil tuiscint thar meán ag na hasail ach ní fhaca mé sárú an asail seo riamh.'

D'fhéach mé uirthi agus buíochas i mo shúile.

'Cheapfadh duine uaidh go dtuigeann sé gach focal,' arsa sí. 'A Napoleon dhil, ní dhíolfaidh mé thú a fhad is a bheas mé beo agus tabharfar aire mhaith duit díreach is dá mba dhuine daonna thú.'

D'osnaigh mé agus d'fhéach mé ar an tseanbhean. Bhí sí seachtó bliain d'aois agus ní raibh mé ach a naoi nó a deich.

Maidir le fear an asail léannta, bhí cathú mór orm ina dhiaidh sin gur imir mé an cleas air. Cuirfear in iúl duit, a léitheoir, an fáth gur tháinig an cathú orm.

AN FROG

An buachaill úd, Aibhistín, a mharaigh an madra bocht, tugadh cead dó arís teacht go dtí an Teach Mór. Duine meata é agus, dála a leithéidí, bhíodh sé i gcónaí ag maíomh as a chalmacht. Tháinig sé lá ar cuairt chugainn is chuaigh amach ag siúl ins an pháirc leis na leanaí eile. Baineadh geit as Caitlín is léim go tapa ar leataobh is lig scread aisti.

'Cad atá ort?' arsa Tomás, agus rith chuici.

'Tá eagla orm roimh an bhfrog sin a léim ar mo chos.'

'Agus an bhfuil eagla ort roimh fhroganna, a Chaitlín?' arsa Aibhistín. 'Níl eagla ormsa roimh ainmhí ar bith.'

'Cad ina thaobh ansin gur phreab tú an lá cheana nuair a dúirt mé leat go raibh damhán alla ar do chóta?' d'fhiosraigh Caitlín.

'Mar nár thuig mé do chaint i gceart.'

'Ach labhair mé go soiléir.'

'Cheap mé go ndúirt tú go raibh damhán alla ar an talamh agus phreab mé chun féachaint air.'

'Sin bréag,' arsa Tomás, 'mar lig tú scread asat agus tú ag léimneach agus d'iarr tú orm é a bhaint díot.'

'Is amhlaidh a theastaigh uaim a rá: 'As mo shlí chun go bhfeice mé i gceart é,'' arsa Aibhistín.

'Tá sé ag stealladh na mbréag,' arsa Caitlín i gcogar le hEilís.

Chuala mé a gcuid cainte agus thuig mé a ndúirt siad. Tamall ina dhiaidh sin bhí na leanaí ina suí ar an bhféar. Chonaic mé frog óg ar an bhféar in aice le hAibhistín. Thóg mé an frog is chuir mé isteach i bpóca an gharsúin é. D'imigh mé liom ansin ar eagla go gcuirfeadh sé an milleán orm.

Níor fhéad mé an chaint a chloisteáil a thuilleadh ach chuala mé Aibhistín á rá arís nach raibh aon eagla air roimh ainmhí ar bith. Bhí na leanaí ag gáire faoi is sháigh sé a lámh isteach ina phóca chun rud éigin a fháil. Tharraing sé amach é go tobann is lig scréach uafásach as.

'Tóg uaim é, tóg uaim é, an rud gránna!'

'Céard atá ort, a Aibhistín?' arsa Caitlín agus í ag gáire.

'Péist atá i mo phóca! Tóg uaim é!' arsa Aibhistín arís.

'Cén phéist? Cá bhfuil sí?'

'I mo phóca. Chuir mé mo lámh ar an rud gránna. Tóg uaim í, tá eagla orm.'

'Tóg féin amach í, a dhuine mheata,' arsa Anraí go crosta.

'Thar a bhfaca tú riamh,' arsa Eilís. 'Tá eagla air roimh rud éigin ina phóca agus ba mhaith leis go dtógfaimis amach é! Ní ligeann an eagla dó féin é a thabhairt amach!'

Mhothaigh Aibhistín an frog ina phóca agus chuaigh an scéin i méid ann le gach cor a chuireadh an frog de. Bhí na leanaí ins na trithí agus i ndeireadh na dála bhain Aibhistín an cóta de is chaith uaidh ar an talamh é. Rith na leanaí go dtí an cóta agus chonaic siad frog beag, bídeach ag léimneach amach as an bpóca agus é ag iarraidh dul i bhfolach.

'Tá an namhaid imithe,' arsa Caitlín is í ag gáire. 'Bí cúramach, a Aibhistín, nach ritheann sé i do dhiaidh!'

'Ná tar anseo, a Aibhistín, nó íosfaidh sé thú.'

'Tá frog an-fhíochmhar.'

'Dá mbeadh leon anseo dhéanfadh Aibhistín troid leis, ach ní ligfeadh a chalmacht dó dul ag plé leis an bhfrog.'

'Ní baol duit do chóta a chur ort anois,' arsa Seáinín. 'Tá an frog beag anseo i mo lámh.'

D'fhan Aibhistín gan cor as agus náire an domhain air. Lean na leanaí den mhagadh.

'Cuidigh leis a chóta a chur air,' arsa Tomás. 'Níl neart ar bith ann tar éis na troda.'

'Féach an bhfuil cuileog nó ciaróg air,' arsa Anraí. 'Bheadh sin an-dainséarach.'

Cheap Aibhistín ar éalú uathu ach rith siad ina dhiaidh. Bhí spórt mór acu go léir ach amháin ag Aibhistín. Rith sé mar seo is mar siúd agus é ar buile le fearg is le náire. I ndeireadh na dála rug siad air agus chuir siad an cóta air. Ní bhfuair Aibhistín amach conas a tharla an frog a bheith ina phóca an lá úd.

An Capaillín

Ba chóir go mbeinn sásta leis an gcleas a d'imir mé ar Aibhistín ach bhí fuath dó chomh mór sin i mo chroí gur imir mé cleas eile air agus caithfidh mé a rá anois go bhfuil saghas náire orm. Tamall maith tar éis an lae úd gur chuir mé an frog ina phóca níor tháinig sé i ngar ná i ngaobhar dúinn ach tháinig sé ar ais lá agus a dhaid in éineacht leis.

'Cad a dhéanfaimid leis an mbuachaill úd?' arsa Tomás le Caitlín.

'Téimis amach leis ag marcaíocht ar na hasail. Tá sé ar a chumas asal a thiomáint agus tá do chapaillín féin agatsa.'

'Is maith an plean é sin,' arsa Tomás, 'ach ní fheadar an dtiocfaidh sé.'

'Cuirfimid iachall air. Imigh agus gléas na hasail is an capaillín agus ní bheidh dul as aige ansin.'

Chuaigh Tomás ar lorg Aibhistín ansin agus fuair sé é ag iarraidh magadh a dhéanamh faoi Sheáinín is Lugh.

'An bhfuil mé ag teastáil uait?' arsa sé. 'Is léir uait go bhfuil tú chun mé a thabhairt leat.'

'Tá an ceart agat,' arsa Tomás go doicheallach. 'Tháinig mé chun a iarraidh ort teacht linn ag marcaíocht ar na hasail. Beimid réidh i gceann ceathrú uaire agus tá fáilte romhat teacht liom féin is Anraí go dtí na coillte.'

'Ba mhaith liom go mór é,' arsa Aibhistín.

As go brách leo go dtí an stábla agus d'iarr siad ar an ngiolla na diallaití a chur ar an gcapaillín, ar asal eile is ormsa.

'Agus an fíor go bhfuil capaillín agat?' arsa Aibhistín. 'Tá cion mór agam ar chapaillíní.'

'Mo mham mhór a thug dom é.'

'Agus ar fhoghlaim tú marcaíocht?'

'Táim ag cleachtadh le dhá bhliain.'

'Ba mhaith liom dul ar do chapaillín,' arsa Aibhistín.

'B'fhearr duit go mór gan an capaillín agat mura bhfuil a fhios agat conas é a láimhseáil.'

'Is fíor nach bhfuil aon taithí agam ach táim chomh maith le duine.'

'Agus an raibh tú i do mharcach go dtí seo?'

'Go minic. Nach eol do chách conas suí i ndiallait?'

'Cathain a bhí tú ar mhuin capaill? Níl capall rása ag do dhaid.'

'Seo an fhírinne duit. Ní raibh mé ar chapall riamh ach bhí mé ar mhuin asail go minic agus is é an rud céanna é.'

'Deirimse leatsa nach mar a chéile, a Aibhistín,' arsa Tomás agus é ag iarraidh gan briseadh amach ag gáire. 'Molaim duit gan bacadh leis an gcapaillín inniu.'

'Ach cén fáth?' arsa Aibhistín go crosta. 'An amhlaidh nach maith leat é a thabhairt dom?'

'Ní hamhlaidh ar aon chor ach tá an capaillín pas beag lúfar ar a chosa agus b'fhéidir go dtitfeá.'

'Ní baol go leagfaidh sé mise. Nílim chomh mall, lagbhríoch is a cheapann tú. Má thugann tú tamaillín den chapaillín dom feicfidh tú gur marcach maith mé.'

'Tá go maith. Rachaidh mé ar asal na feirme agus beidh Napoleon ag Anraí.'

Níorbh fhada go rabhamar réidh chun gluaiste. Ní fhanfadh an capaillín nóiméad ciúin agus bhí Aibhistín faiteach, ní nach ionadh.

'Beir air nó go mbeidh mé sa diallait,' arsa sé.

'Ní gá faitíos a bheith ort,' arsa an giolla. 'Níl sé fíochmhar ar aon chor. Ní baol duit.'

'Níl faitíos ná eagla orm,' arsa Aibhistín. 'Níl eagla orm roimh rud ar bith.'

'Ach amháin roimh fhroganna,' arsa Anraí os íseal le Tomás.

'Cad atá tú a rá?'

'Ní dúirt mé pioc ach cheap mé go bhfaca mé frog ins an fhéar.'

Chogain Aibhistín a bheola, d'éirigh sé feargach ach ní dúirt focal. Chuaigh sé in airde ar mhuin an chapaillín is tharraing an srian. Dhruid an capaillín siar tamall agus rug Aibhistín greim docht, daingean ar an diallait.

'Ná tarraing mar sin é. Cuimhnigh nach asal atá agat anois,' arsa an giolla agus é ag gáire.

Bhog Aibhistín dá ghreim. Ghabh mé amach rompu agus Anraí ar mo mhuin. Tháinig Tomás i mo dhiaidh ar mhuin an asail eile. D'imigh mé ar cosa in airde agus bhí sé ina rás ar an bpointe. Cheap an capaillín dul amach romham ach ní ligfinn dó é. Gháir Tomás is Anraí le neart áthais ach thosaigh Aibhistín bocht ag gol agus rug greim daingean ar mhoing an chapaillín. Chuala an capaillín an hulach halach ar fad agus ghabh amach romham de sciuird reatha. Chuir an diabhal, is dócha, isteach i mo cheann liomóg a bhaint as a eireaball agus é ag gabháil tharam amach. Chaith sé a dhá chos deiridh san aer cúpla uair agus thit Aibhistín ar mhullach a chinn amach ar an bhféar. Luigh sé ansin gan corraí as. Cheap na garsúin eile go raibh sé gortaithe is thuirling siad chun fóirithint air.

'An bhfuil tú gortaithe, a Aibhistín?' arsa duine acu.

'Ní dóigh liom é ach níl a fhios agam fós,' arsa sé agus é ag crith leis an eagla.

D'fhéach siad go géar air agus thuig siad uaidh nach raibh faic air.

'Is trua gur duine meata thú,' a deir Tomás.

'Ní duine gan chroí mé ach bhí eagla orm,' arsa Aibhistín agus é mílítheach.

'Tá súil agam nach dteastóidh uait dul ag marcaíocht ar mo chapaillín arís. Bíodh an t-asal agat agus rachaidh mé ar an gcapaillín,' arsa Tomás agus léim sé suas ar an gcapaillín.

'B'fhearr liom Napoleon,' arsa Aibhistín.

'Tá go maith.'

Bhí fúm i dtosach gan ligean d'Aibhistín dul suas ar mo mhuin, ach tháinig smaoineamh eile isteach i mo cheann. D'fhan mé ciúin a fhad is a bhí sé ag dul suas orm agus as go brách liom leis an gcuid eile. Dá mba rud é gur bhuail sé mé chun mé a ghríosú, leagfainn é. Ach níor bhuail mar bhí a fhios aige nach dtugtaí aon drochíde dom. Bhain mé cúrsa amach in aice leis na sceacha is na driseoga agus scríobadh a aghaidh leis na dealga. Rinne sé gearán le hAnraí.

'Ní bhíonn Napoleon go dána ach amháin le daoine nach dtaitníonn leis,' arsa Anraí. 'B'fhéidir go bhfuil sé amach leat inniu.'

Níorbh fhada gur chasamar chun dul abhaile. Bhí Anraí is Tomás ag éirí tuirseach de bheith ag éisteacht le hAibhistín ag clamhsán mar gheall ar na driseoga. Ag dul abhaile dúinn b'éigean dul thar lochán lán d'uisce salach. Lig mé don dá ainmhí eile dul amach romham. Ansin nuair a bhí mé le hais an locháin chaith mé mo shála san aer agus isteach le hAibhistín san uisce salach. Sheas mé ansin go ciúin, ciontach ag féachaint air.

Rinne sé iarracht glaoch amach ach chuaigh an t-uisce salach ina bhéal. Bhí an clábar ag dul isteach ina shúile is ina chluasa agus níor fhéad sé teacht amach. Níor chuimhnigh mé riamh díobháil a dhéanamh don gharsún agus bhain mé spórt mór as an útamáil a rinne sé san uisce. Tar éis tamaill tháinig an bheirt ar ais féachaint cad a bhí á choimeád agus chonaic siad mise ar bhruach an locháin. Thuig siad ar an bpointe go raibh a gcara i gcontúirt. Fuair siad cuaille mór agus shín siad isteach chun Aibhistín agus tharraing siad amach é agus é lán de chlábar.

Ar éigean a bhí radharc a shúl ag Aibhistín ag dul abhaile. Ainniseoir ceart ab ea é. Níor fhéad an bheirt eile dul in aice leis bhí boladh chomh bréan sin ón uisce salach. Bhí mé féin ag ciceáil is ag léimneach le háthas. Ní fhaca Tomás ná Anraí aon ghreann sa scéal agus dúirt siad liom cúpla uair mo shuaimhneas a cheapadh. Chuala lucht an Tí Mhóir sinn ag teacht agus chuaigh an scéal go tapa ó bhéal go béal. I gceann cúpla nóiméad bhí idir óg is aosta bailithe timpeall orainn ar lorg eolais i dtaobh na tionóisce.

An mháthair mhór a labhair ar dtús.

'Ní mór an créatúr a ní is a ghlanadh.'

'Déanfaidh mé sin,' arsa a athair. 'Téanam ort, a Aibhistín; ní dóigh liom go bhfuil tú gortaithe go mór. Rachaimid go dtí an abhainn i dtosach báire chun an clábar a bhaint díot agus gheobhaimid gallúnach is uisce te ina dhiaidh sin. Níl uisce na habhann ró-fhuar agus tabharfaidh Tomás culaith éadaigh is léine ar iasacht duit.'

Bhí eagla ar Aibhistín roimh a athair agus lean é go dtí an abhainn. Chuaigh mise chomh maith ag féachaint orthu. Bhí an clábar greamaithe dá chraiceann is dá ghruaig. Tháinig seirbhíseach agus gallúnach, culaith éadaigh, bróga is stocaí aige. I gceann ceathrú uaire tháinig Aibhistín amach agus é glan nach mór ach bhí náire an domhain air agus d'iarr sé ar a athair é a thabhairt abhaile.

D'inis Tomás agus Anraí i dtaobh eachtraí an lae agus dúirt siad gur thit Aibhistín faoi dhó.

'Ceapaim gurb é an t-asal is ciontach leis: ní maith leis Aibhistín, agus bhain sé liomóg as eireaball an chapaillín rud nach ndéanfadh sé dá mbeadh duine againn ag marcaíocht air. Chaith an capaillín a shála san aer is leag Aibhistín. Ní raibh mé ann nuair a thit sé an dara huair ach is dóigh liom ón gcaoi a raibh Napoleon ag glaoch is óna gheáitsí ó shin gur chaith sé Aibhistín isteach san uisce salach d'aon ghnó chun náire a chur ar an mbuachaill.'

'Ach cá bhfios duit go bhfuil fuath ag an asal dó?' arsa Máire.

'Taispeánann sé é go minic,' arsa Tomás. 'An lá úd a fuair Aibhistín bocht an frog ina phóca rith Napoleon ina dhiaidh is rug greim air go rabhamar suas leis. D'fhéach mé ar Napoleon an lá sin agus thug mé faoi deara go raibh féachaint ait ina shúile. D'fhéach sé go fíochmhar ar Aibhistín agus ní fhéachann riamh ar éinne againn mar sin. Nach bhfuil an ceart agam, a Napoleon, nach bhfuil fuath i do chroí d'Aibhistín?' arsa sé is chuir na súile tríom.

Ghlaoigh mé amach os ard is ligh mé a lámh.

'An bhfuil a fhios agat, a Chaitlín, gur asal greannmhar Napoleon. Táim cinnte go dtuigeann sé ár gcuid cainte.'

Dhruid mé ina haice is chuir mé mo cheann ar a gualainn.

'Nach mór an trua é, a Napoleon,' arsa sí liom, 'go bhfuil tú ag éirí chomh dána sin ó lá go lá gur beag an grá atá againn duit anois. Nach míle trua é nach féidir leat labhairt linn agus do thuairim a thabhairt dúinn.'

Chuir sí a lámh go cineálta ar mo mhoing. 'Dá bhféadfá cur síos ar chúrsaí do shaoil bheadh scéal greannmhar le hinsint agat.'

'Raiméis is ea sin, a Chaitlín,' arsa Anraí. 'Níl ann ach asal agus conas a d'fhéadfadh asal a leithéid a dhéanamh?'

'Ach tá asail agus asail ann,' arsa Caitlín.

'Mar sin féin má bhíonn duine dallintinneach deirtear: 'Tá sé chomh dallintinneach le hasal.' Agus dá dtabharfá 'asal' orm bheadh fearg mhór orm mar bheinn cinnte go mba mhian leat masla a thabhairt dom.'

'Tá an ceart agat; ach mar sin féin is dóigh liom go bhfuil tuiscint ag Napoleon ar a lán nithe agus go bhfuil grá aige dúinn. Ní bhíonn asal ceanndána mura dtugtar drochíde dó. An drochíde is ciontach leis an dallintinn.'

'Agus an dóigh leat gur chabhraigh Napoleon leo na gadaithe a ghabháil agus go ndearna sé a lán rudaí greannmhara eile toisc go bhfuil sé cliste?'

'Is dóigh liom gan amhras. Cad é do mheas féin air?'

'Chonaic sé a chomrádaithe féin ag dul isteach sa phluais an mhaidin úd agus ba mhian leis dul isteach ina ndiaidh.'

'Agus cad mar gheall ar na cleasa a d'imir sé ar an asal léannta?'

'Mioscais is ea faoi deara iad.'

'Cad mar gheall ar rásaí na n-asal?'

'Mórchúis is éirí in airde.'

'Agus an tine mhór nuair a shábháil sé Póilín?'

'Dúchas a mhúin dó é sin a dhéanamh.'

'Bí i do thost, a Anraí; cuirfidh tú fearg orm.'

'Ach tá an-chion agam ar Napoleon ach tuigim nach bhfuil ann ach asal; ceapann tusa nach bhfuil aon teorainn leis. Má tá an ceart agatsa, is go bhfuil ciall aige de réir do thuairimese, ní foláir nó tá an donas ar fad air.'

'Conas sin?'

'Rinne sé magadh faoin asal léannta is faoina mháistir. D'fhág sé iad gan slí bheatha. Bhí fuath mallaithe ina chroí i gcónaí d'Aibhistín, buachaill nach ndearna puinn díobhála dó riamh. Cuireann sé scéin ins na hainmhithe eile, ní stadann sé choíche ach ag baint liomóg astu is á gciceáil.'

'Is dóigh liom go bhfuil an ceart agat, a Anraí. B'fhearr liom a cheapadh nach dtuigeann Napoleon an scrios a imríonn sé ná an díobháil a dhéanann sé.'

D'imigh Caitlín ansin agus Anraí in éineacht léi agus d'fhág siad mise go brónach tar éis ar chuala mé. Bhí a fhios agam go raibh an ceart ar fad ag Anraí ach chruaigh mé mo chroí. Ní ligfeadh an fhearg ná an t-éirí in airde dom malairt aigne a theacht orm.

An Pionós

D'fhan mé i m'aonar an tráthnóna sin; níor tháinig éinne i ngar dom. D'éirigh mé uaigneach gan chomhluadar agus ghabh mé in aice le cúldoras an tí mar a raibh na seirbhísigh ag caint.

'Dá mbeadh sé de chead agam,' arsa an cócaire, 'chuirfinn an ruaig ar an asal sin.'

'Tá sé ró-dhána ar fad,' a deir duine eile. 'Dóbair dó Aibhistín bocht a bhá.'

'Agus nach air a bhí an t-áthas,' arsa duine eile. 'Léim sé is ghlaoigh sé díreach is dá mbeadh gníomh mór déanta aige.'

'Díolfaidh sé as anocht,' arsa giolla na gcapall. 'Tabharfaidh mé an fhuip dó tar éis an tsuipéir.'

'Bí ar d'aire nach bhfeicfidh bean an tí thú.'

'Conas a fheicfidh sí mé? An amhlaidh a mheasann tú go dtabharfaidh mé léasadh dó amuigh sa pháirc? Fanfaidh mé nó go mbeidh sé sa stábla.'

'Caithfidh tú fanacht go ceann i bhfad; tá cead aige a rogha rud a dhéanamh agus ní théann sé isteach go mbíonn sé déanach.'

'Bhail, má fhanann sé amuigh cuirfidh mé d'fhiacha air dul isteach.'

'Conas a dhéanfaidh tú sin? Glaonn sé chomh hard sin go ndúiseodh sé na mairbh.'

'Fág fúmsa é, cuirfidh mé stop leis an 'gceol.' Ní chloisfear gíog as.'

Thosaigh siad go léir ag gáire. Cheap mé go raibh siad an-drochmhúinte agus tháinig fearg orm; bhí a fhios agam go raibh siad chun léasadh a thabhairt dom agus theastaigh uaim go géar dul agus iad a chiceáil, ach bhí eagla orm go rachaidís agus an scéal a insint don mháistreás agus ansin bheadh réidh liom.

Le linn dom a bheith ag machnamh dúirt cailín aimsire le giolla na gcapall féachaint ar na súile mallaithe a bhí agam. Bhog an giolla a cheann is chuaigh isteach sa teach. Tháinig amach i gceann nóiméid is shiúil faoi dhéin an stábla. Díreach agus é ag gabháil tharam amach chaith sé rópa agus lúb reatha air thar mo mhuineál. Tharraing mé siar chun é a bhriseadh agus tharraing seisean chomh maith. Dóbair dó mé a thachtadh. D'iarr mé glaoch amach ach níor fhéad mé é. Ar éigean a bhí mé in ann an anáil a tharraingt. Ní raibh dul as agam ach géilleadh dó. Lean mé é go dtí an stábla agus osclaíodh an doras.

Chomh luath agus a chuaigh mé isteach baineadh an rópa díom agus cuireadh adhastar orm. Dhún an giolla an doras ansin, thóg fuip mhór ina lámh agus thosaigh do mo bhualadh gan trua gan taise. Ba bheag an mhaith glaoch amach, ní aireofaí mé sa Teach Mór.

Níor stad sé ach ag gabháil orm go ceann i bhfad. D'fhág sé mé brúite, breoite. B'shin an chéad uair ó tháinig mé go dtí an teach gur tugadh drochíde mar sin dom. Ceapaim anois nach bhfuair mé ach a raibh tuillte agam.

Maidin lá arna mhárach bhí sé déanach sular ligeadh amach mé. Ba mhian liom m'fhiacla a chur i ngiolla na gcapall ach ní dhearna mé é ar eagla go gcuirfí an ruaig orm. Thug mé aghaidh ar an Teach Mór agus chonaic mé na leanaí ag súgradh dóibh féin os comhair an dorais mhóir amach.

'Seo chugainn an t-asal gránna,' arsa Tomás. 'Cuir an ruaig air; b'fhéidir go n-imreodh sé cleas orainn mar a d'imir sé ar Aibhistín bocht inné.'

'Cad a dúirt an dochtúir le daid ó chianaibh?'

'Dúirt sé go bhfuil an fiabhras go dona ar Aibhistín is go gceapann an garsún go mbíonn an t-asal ar a thí de ló is d'oíche ag iarraidh greim a bhaint as. Deir an dochtúir go bhfuil an créatúr go dona.'

'Ba náireach an mhaise do Napoleon Aibhistín bocht a chaitheamh sa lochán salach.'

'Is ea, díreach, ba náireach an mhaise duit é,' arsa Seáinín liom. 'Imigh as sin, tá tú dána. Ní bheidh aon chion agam ort feasta.'

'Ná agamsa, ná agamsa – ná agamsa,' arsa na leanaí go léir. 'Imigh as sin. Ná tar inár ngaire.'

Thug siad an doicheall ar fad dom. Thug siad sin agus Seáinín beag a raibh cion mo chroí agam air bhí sé chomh doicheallach le duine.

Dhruid mé tamall uathu agus d'fhéach mé siar orthu chomh brónach sin gur bhog croí Sheáinín. Rith sé anall chugam, chuimil mo cheann go cineálta is labhair de ghuth caoin.

'Éist, a Napoleon,' arsa sé liom, 'níl cion againn ort anois ach má bhíonn tú go maith as seo amach beimid go mór leat arís.'

'Tabhair aire duit féin, a Sheáinín! Ná téirigh in aice leis ar eagla na heagla.'

'Beag baol orm,' arsa Seáinín. 'Táim cinnte nach ndéanfaidh sé díobháil ar bith dúinn.'

'Cá bhfios duit. Leag sé Aibhistín faoi dhó.'

'Rinne sé sin mar nach bhfuil sé go mór le hAibhistín.'

'Ach cad ina thaobh nach bhfuil? Cad a rinne Aibhistín air? Is gearr go mbeidh fuath ina chroí dúinn go léir.'

Níor thug Seáinín aon fhreagra air; chroith sé a cheann is d'fhéach ormsa is na deora ina shúile. B'shin an chéad uair a mhothaigh mé aithrí a theacht orm mar gheall ar an bhfeillbheart a d'imir mé ar Aibhistín.

An tráthnóna sin chuaigh an fiabhras in olcas agus cheap na dochtúirí go bhfaigheadh an garsún beag bás. Chuaigh na buachaillí chun é a fheiceáil tar éis an tae agus rith na cailíní amach faoina ndéin chun tuairisc a fháil uathu.

'Tá sé níos fearr anois,' arsa Tomás. 'Ba thrua leat a athair bocht agus é ag gol agus ag guí Dé a mhac a spáráil.'

'Déarfaimid go léir paidir ar a shon anocht,' arsa Eibhlís.

'Déarfaimid cinnte,' arsa na leanaí d'aon ghuth.

'Ba mhór an tubaiste é dá bhfaigheadh Aibhistín bás,' arsa Tomás. 'Bheadh a athair i gcruachás gan é mar níl mac ná iníon eile aige, agus fuair a bhean bás sé bliana ó shin.'

'Is ait an rud é,' arsa Anraí, 'gur titim amach as bád ba chúis lena bás.'

'Ar bádh í?' d'fhiosraigh Eilís.

'Níor bádh. Tógadh as an uisce í ar an bpointe ach tháinig fuacht uirthi agus fuair sí bás den fhiabhras i gceann seachtaine.'

'Ba thrua sin,' arsa Caitlín. 'Tá súil agam nach bás mar sin atá i ndán d'Aibhistín,' arsa Caitlín.

'Cá bhfuil Seáinín?' arsa Máire.

'Bhí sé anseo nóiméad ó shin; is dócha go ndeachaigh sé isteach,' arsa Caitlín.

Ach ní dheachaigh an leanbh bocht isteach, bhí sé ar a dhá ghlúin taobh thiar de bhosca agus é ag guí is ag gol. Bhí mé go brónach mar mise ba chiontach le breoiteacht Aibhistín; mise ba chiontach leis an mbrón a bhí ar a athair agus ar Sheáinín. Ní haon mhaith a tháinig as an drochbheart a rinne mé ach a mhalairt ar fad.

Maidin lá arna mhárach theastaigh uaim go géar scéala a chloisteáil ó Aibhistín. Thiomáin Seáinín is Lugh mé síos go dtí a theach go moch ar maidin. Nuair a shroiseamar doras an tí casadh cailín aimsire orainn agus dúirt go raibh sí ag dul chun fios a chur ar an dochtúir. Bhí Aibhistín go dona i gcaitheamh na hoíche agus bhí eagla ar an athair go bhfaigheadh an mac bás. D'fhan Seáinín is Lugh gur tháinig an dochtúir agus chuaigh sé isteach ar an bpointe chun Aibhistín a fheiceáil.

I gceann leathuair an chloig tháinig sé amach arís.

'Conas atá sé inniu, a dhochtúir?' arsa Seáinín.

'Níl sé chomh dona agus a cheap mé. Bhí na speabhraídí air aréir ach thug mé rud dó anois a chuirfidh suan air.'

'An dóigh leat, a dhochtúir, go bhfuil an bás i ndán dó?'

'Ó, níl, a bhuachaillí, tá an t-aothú thart anois.'

'Is maith sin,' arsa an bheirt d'aon ghuth. 'Rachaimid ar ais anois leis an dea-scéal.'

'Fanaigí nóiméad; cad is ainm don asal sin atá agaibh?'

'Sin é Napoleon.'

'Bígí cúramach. Ní fios ná go leagfaidh sé sa díog sibh faoi mar a rinne sé le hAibhistín. Abair le do mham mhór go ndúirt mé go mba cheart di an bithiúnach sin a dhíol: drochainmhí is ea é.'

D'fhág an dochtúir slán acu agus d'imigh leis. Bhí mé chomh suaite sin nár chuala mé an garsún ag rá liom gluaiseacht.

'Imigh leat, a Napoleon! Imigh as sin! Tá deifir abhaile orainn. An bhfuil tú ag dul chun codlata? Gread leat.'

Thug mé an bóthar orm abhaile agus bhí an líon tí ag an doras ag fanacht le scéala.

'Tá biseach air,' arsa Seáinín, agus d'inis siad a ndúirt an dochtúir leo mar gheall ormsa.

Chuir mé cluas orm chun go gcloisfinn cad a déarfadh an bhean uasal. Tar éis tamaill labhair sí mar seo:

'Táim cinnte anois nach bhfuil grá ná cion tuillte ag an asal seo. Ní cóir go rachadh éinne agaibh ar a mhuin arís. An chéad uair eile a dhéanfaidh sé drochrud, tabharfaidh mé don mhuilleoir é agus beidh air ansin málaí móra plúir a iompar. Ach tabharfaidh mé seans eile dó; b'fhéidir nach mbeidh sé go dána arís. Beidh a fhios sin againn ar ball.'

Bhí mé chomh brónach agus is féidir le hasal a bheith. Níor fhéad mé an drochscéal a leigheas ach foighne is fearr ar bheart gan leigheas a deirtear.

An chéad lá eile tháinig scéala go raibh Aibhistín níos fearr. I gceann cúpla lá tháinig biseach ar fad air agus níor chuala mé iad ag cur síos air ar aon chor. Mar sin féin níor fhéad mé dearmad a dhéanamh air. Chloisinn na focail seo de ló is d'oíche: 'Seachain Napoleon! Féach an feillbheart a d'imir sé ar Aibhistín.'

Ón lá sin gur leag mé Aibhistín san uisce salach tháinig athrú mór ar mhuintir an tí ar fad. Thug cách an doicheall dom, fiú amháin ainmhithe na feirme. Stadadh den chaint nuair a thagainn i ngar dóibh. Dúirt mé cheana go bhfuil caint ag na hainmhithe. Labhraímid leis na súile, leis na cluasa agus lenár n-eireabaill. Bhí a fhios agam go maith cad ba bhun leis an doicheall sin ach ní raibh aon leigheas agam air. Lá amháin bhí mé i mo luí i m'aonar faoi scáth tor aitinn agus tháinig Eilís is Anraí is shuigh siad síos tamall uaim.

'Is dóigh liom go bhfuil an ceart agat, a Anraí; ar éigean go bhfuil aon chion againn ar Napoleon anois. Ba náireach an cleas a d'imir sé ar Aibhistín bocht.'

'Agus ní sin amháin. Ar lá úd an aonaigh d'imir sé cleas gránna eile ar mháistir an asail léannta.'

'Sea, díreach; bhí sé greannmhar. Bhaineamar go léir sult mór as ach ní raibh sé go deas leis an bhfear bocht.'

'Mhill sé cleasa an asail agus b'éigean dá mháistir imeacht mar bhí lucht an aonaigh ag magadh faoi. Bhí a bhean is a chlann ag gol mar nach raibh aon cheo le hithe acu.'

'Agus Napoleon ba chiontach leis an tubaiste ar fad. Murach é bheadh a dhóthain le hithe ag an bhfear bocht is ag a mhuintir go ceann cúpla seachtain.'

'Agus ar chuala tú na rudaí gránna a rinne sé ar a sheanmháistir? D'itheadh sé glasraí air is bhriseadh sé uibheacha. Ó, ní bheidh aon chion agam air go deo arís.'

AITHREACHAS

D'imigh siad ansin agus d'fhág siad mise go brónach ina ndiaidh. Cheap mé nárbh fhearr rud a dhéanfainn ná an díoltas a bhaint amach, ach chaith mé tamall ag machnamh ar an scéal agus cheap mé go raibh an ceart ar fad acu. An cor in aghaidh an chaim a bhíodh ar siúl agam i gcónaí agus níorbh fhearrde mé é. Bhris mé lámh is fiacla mo mháistreása uair amháin agus mura mbeadh gur éalaigh mé, mharófaí mé.

Is mó cleas gránna a d'imir mé ar an máistir eile, bíodh go raibh sé cineálta nó go bhfuair sé amach go raibh mé díomhaoin.

Anois ní raibh cion ag éinne orm. Fágadh i m'aonar mé; thug na hainmhithe eile an doicheall dom.

Chuir mé an scéal trí chéile ag iarraidh a dhéanamh amach cad a dhéanfainn. Dá mbeadh urlabhra agam d'iarrfainn pardún ar gach duine go ndearna mé dochar dó agus gheallfainn go mbeinn deas, umhal san am le teacht. Ach ní raibh bua na cainte agam.

Chaith mé mé féin ar an bhféar agus thosaigh mé ag gol. Ní hamhlaidh go raibh mé ag sileadh na ndeor, ach mhothaigh mé an phian i mo chroí istigh. Tháinig aiféala agus aithrí orm – an chéad uair riamh a tháinig siad sin i mo chroí.

Mo bhrón nach raibh mé mar is cóir d'asal a bheith. Theastaigh uaim a bheith cliste. Mo thubaiste nach raibh mé ciúin, cneasta! Dá ndéanfainn le cách, mar a rinne mé le Póilín, bheadh meas ag gach duine orm agus bheinn sásta liom féin.

Mhachnaigh mé ar an scéal go ceann i bhfad. Bheartaigh mé i m'aigne go mbeinn i m'asal maith san am le teacht, agus b'fhéidir ansin go mbeadh grá ag na daoine óga orm arís. Tharla go bhfuair mé seans ar an bpointe chun a thaispeáint go raibh mé i ndáiríre.

Bhí eagla ar na leanaí romham ó leag mé Aibhistín agus ceannaíodh asal eile dóibh i m'ionad. Ní mar sin do na buachaillí móra, ámh, ach mar sin féin níor mhaith leo dul ag marcaíocht orm. Ní raibh mé ag teastáil ó éinne ach ó Sheáinín amháin.

Bhí fuath i mo chroí don asal seo agus is mó cic a thug mé dó; is mó uair a bhain mé liomóg as i ngan fhios agus ghéilleadh an t-ainmhí bocht dom i gcónaí.

An tráthnóna sin tharla gur tháinig mé féin is an t-asal seo go dtí doras an stábla sa nóiméad céanna nach mór. Dhruid sé siar tmall chun ligean dom dul thairis isteach ach ó tharla go raibh tosach agam air rinne mé comhartha dó dul isteach romham. Rinne an t-ainmhí bocht amhlaidh ach ba léir uaidh gur cheap sé go raibh fúm cic a thabhairt dó nó cleas éigin a imirt air. Níor thuig sé an scéal in aon chor nuair a lig mé saor isteach é.

'A chara,' arsa mise leis, 'bhí mé go dána leat ach ní bheidh mé mar sin as seo amach. Maith dom é, a dhearthháir, agus lig dom bheith go mór leat.'

'Go raibh míle maith agat, a dhearthháir,' arsa an t-asal bocht. 'Bhí mé uaigneach, beidh mé sona sásta as seo amach. Tá cion agam ort cheana féin.'

'Is mé is cóir a bheith ag gabháil buíochais,' arsa mé. 'Teastaíonn do ghrá is do chion uaim.'

Leanamar den chaint agus sinn ag ithe. B'shin an chéad uair agam ag caint leis. Fuair mé amach go raibh sé go deas, dea-bhéasach. D'iarr mé cabhair air agus dúirt sé go mbeadh sé sásta cúnamh a thabhairt dom dá mb'fhéidir é.

Chonaic na capaill sinn ag caint lena chéile agus chuala mé iad ag cogarnach lena chéile.

'Is mian le Napoleon droch-chleas éigin a imirt ar ár gcara thall.'

'An t-asal bocht; tá trua agam dó; ba chóir dúinn a rá leis gan aon iontaoibh a chur ins an rascail.'

'Ná déan go fóill. Éist! Má chloiseann an bithiúnach úd sinn díolfaimid go daor as.'

Chuir sé déistin orm an chaint sin a chloisteáil. Ní dúirt an treas capall aon rud ach shín sé a cheann chugam agus d'fhéach go géar orm.

D'fhéach mé suas air go brónach.

Bhí mé tuirseach traochta agus ualach bróin ar mo chroí. Luigh mé síos ar mo leaba tuí agus thug mé faoi deara nach raibh sí leath chomh maith le leaba mo chara. Ach níor tháinig fearg ar bith orm mar thuig mé nach raibh a mhalairt tuillte agam. Rinne mé an drochrud agus b'éigean dom díol as. Ba chóir go mbeadh áthas orm nár cuireadh ag obair sa mhuileann mé. Bheadh orm mo chuid bia a thuilleamh go maith ansin agus b'fhéidir go dtabharfaí drochíde dom.

Chaith mé tamall ag gol agus thit mé i mo chodladh. Nuair a dhúisigh mé maidin lá arna mhárach chonaic mé giolla na gcapall ag déanamh orm. Thug sé cic dom agus dúirt liom éirí. D'fhéach mé siar air nuair a shrois mé an doras; bhí sé ag cíoradh is ag scuabadh mo chara istigh. Chuir sé mo shrian air agus an diallait nua a ceannaíodh dom. Tugadh an t-asal ansin go dtí doras an Tí Mhóir.

Lean mé é agus mé go brónach. Chonaic mé Seáinín ag teacht amach agus ag dul suas ar a mhuin. Thug an garsún faoi deara go raibh cathú orm agus tháinig sé anall chugam is chuimil mo cheann lena lámh agus labhair liom:

'A Napoleon, feiceann tú anois an botún atá déanta agat. Ní bheidh mé ag marcaíocht ort a thuilleadh. Tá eagla ar mham is daid go leagfaidh tú mé. Slán agat agus beidh grá agam duit go brách.'

'Tabhair aire duit féin, a mhic,' arsa an giolla. 'Bainfidh an cladhaire sin greim asat; tá a fhios agat a dhonacht is atá sé.'

'Ní baol dom,' arsa Seáinín. 'Ní dhearna sé díobháil dom riamh agus ní dhéanfaidh.'

Thug an giolla buille dá bhois ar an asal ansin agus as go brách leis féin is an marcach óg. Fágadh ansin mé go huaigneach céasta. Ba chuma dá mbeinn in ann a rá leo go raibh aiféala orm is go raibh fúm bheith go maith san am le teacht. Siúd ar aghaidh liom gan a fhios agam cá rachainn nó cad a dhéanfainn. Níor chuir fál ná sconsa stop liom. Níor stad mé nó gur shrois mé balla chomh hard sin nár fhéad mé dul thairis. Bhí saothar orm agus cheap mé mo shuaimhneas. Shiúil me go mall réidh gur tháinig mé go dtí bearna ann. Luigh mé síos ansin faoin ngrian agus chrom mé ar mhachnamh. Le linn dom a bheith i mo luí chuala mé coiscéim le hais an bhalla agus labhair an fear go crosta:

'Cad é an mhaith duit a bheith ag gol? Ní bhfaighidh na deora puinn aráin duit. Níl dada ar bith agam le tabhairt duit agus tá a fhios agat féin nach ndeachaigh greim bia thar mo bhéal isteach ó inné.'

'Tá tuirse orm, a dhaid.'

'Bhail, suímis síos faoi scáth an bhalla seo go ceann ceathrú uaire.'

Tháinig siad anall agus shuigh siad i ngar don áit a raibh mé. Cé a bhí ann ach an fear a raibh an t-asal léannta aige ar an aonach agus a bhean is a mhac in éineacht leis. Bhí siad triúr bocht, tanaí.

D'fhéach an fear orm is labhair: 'Chomh siúrálta is atá pus ar asal, sin é an rascail thall a rinne an tubaiste orainn ag an aonach. A bhithiúnaigh,' arsa sé liom, 'tú faoi deara do m'asal a bheith gortaithe ag an aonach; mura mbeadh tusa bheadh ár ndóthain airgid againn go ceann míosa. Díolfaidh tú as go daor anois.'

D'éirigh sé is tháinig chugam ach níor éalaigh mé uaidh mar bhí a fhios agam go raibh an ceart ar fad aige.

'Ní hé an leaid céanna é, tá sé chomh cneasta le caora.'

'Agus nach breá beathaithe an t-ainmhí é,' arsa sé leis féin. 'Dá mbeadh an t-asal sin agamsa go ceann míosa ní bheadh ocras ort féin ná ar do mháthair.'

Shocraigh mé i m'aigne go leanfainn an fear seo agus go ndéanfainn rud ar bith chun an díobháil a rinne mé air a leigheas. Chabhróinn leis roinnt airgid a thuilleamh dó féin is dá chlann.

D'imigh siad leo arís agus mise ina ndiaidh. Níor thug siad faoi deara mé ar dtús ach nuair a chonaic an fear mé cheap sé mé a chur uaidh. Ní dhéanfainn rud air agus lean mé ar aghaidh.

'Is greannmhar an rud é,' arsa an fear, 'go bhfuil an t-asal sin dár leanúint. Ach, más mian leis, bíodh aige.'

Nuair a shroiseamar an sráidbhaile chuaigh an fear ag triall ar thigh ósta ar lorg bia is lóistín oíche agus dúirt sé go macánta nach raibh pingin rua aige ina phóca chun an táille a íoc.

'Tá lucht déirce anseo cheana féin gan strainséirí a theacht chugainn,' arsa fear an tí ósta. 'Imigh leat agus faigh lóistín in áit éigin eile.'

Rith mé suas go dtí fear an tí ósta agus bhog mé mo cheann suas síos os a chomhair amach. Thosaigh sé ag gáire.

'Cleasaí an t-asal sin agat,' arsa fear an tí ósta agus é ag féachaint ar mo gheáitsí. 'Má thaispeánann tú a chuid cleas dúinn tabharfaimid rud éigin le hithe duit.'

'Tá mé sásta,' arsa an fear,' ach ní mór rud éigin le hithe a thabhairt dúinn ar dtús. Ní féidir spórt a dhéanamh agus sinn stiúgtha leis an ocras.'

'Buailigí isteach mar sin,' arsa an t-óstóir. 'Seo, a bhean, faigh dinnéar don triúr seo is don asal.'

Tugadh anraith maith dóibh agus mairteoil bhruite le cabáiste. Ba bheag an mhoill orthu ag caitheamh an bhia.

Tugadh sop féir domsa ach ní raibh aon ghoile agam.

Ghabh an t-óstóir amach agus thug cuireadh do mhuintir an tsráidbhaile teacht agus mo chuid cleas a fheiceáil. Ba ghearr go raibh an clós lán is threoraigh mo mháistir nua isteach ina lár mé. Ní raibh a fhios aige an raibh cleas ar bith agam.

'Crom do cheann,' arsa sé liom. Rinne mé amhlaidh a sé nó a seacht d'uaire. Thosaigh siad ag bualadh bos.

'Téirigh anois,' arsa sé, 'agus tabhair póg don chailín is deise anseo.'

D'amharc mé i mo thimpeall gur leag súil ar chailín deas, a cúig déag de bhlianta d'aois nó mar sin. Siúd ar aghaidh liom chuici agus chuir mé barr mo shróine ar a héadan. Thosaigh sí ag gáire agus ceapaim go raibh sí lánsásta gur thogh mé í.

'Agus anois,' arsa an fear liom, 'téirigh agus faigh rud éigin – is cuma cad é an rud é – agus tabhair don fhear is boichte sa chlós é.'

Chuaigh mé isteach sa seomra ina raibh siad ag ithe an dinnéir agus rug mé ar bhollóg aráin; thug mé ar ais liom í agus leag mé í ar lámh mo mháistir nua.

'An bhfuil tú chun an bhollóg a fhágáil aige?' arsa duine den lucht éisteachta.

'Nílim,' arsa an t-óstóir, 'ní raibh aon trácht air sin sa mhargadh. Tabhair dom ar ais í.'

'Tá an ceart agat,' arsa an fear bocht, 'ach mar sin féin bhí an ceart ag an asal mise a thoghadh. Táim beo bocht; níor ith mé greim bia ó mhaidin agus tá mo bhean is mo mhac sa chás céanna. Níl oiread is pingin rua againn.'

'Bíodh an bhollóg acu, a athair,' arsa iníon an óstóra. 'Tá go leor istigh agus ní mhothóimid uainn í.'

'Tá tú ró-bhog ar fad, a iníon ó,' arsa an t-óstóir. 'Dá mbeadh cead do chinn agatsa ní bheadh puinn fágtha againn ach, bíodh agat an babhta seo. Lig dó an bhollóg a choimeád.'

Nuair a chuala mé an chaint sin chrom mé mo cheann ag umhlú dó agus rug mé greim de m'fhiacail ar bháisín agus chuaigh mé timpeall ag bailiú airgid ó na daoine. Um an dtaca a raibh cuairt na háite ar fad déanta agam bhí an báisín lán. Thug mé an t-airgead do mo mháistir ansin; d'fhág mé an báisín mar a bhfuair mé é; d'umhlaigh mé arís agus shiúil mé amach.

Bhí mé lánsásta liom féin; ba mhó ná riamh mo mhian anois an rud fónta a dhéanamh. Ní gá dom a rá go raibh mo mháistir sásta chomh maith. D'iarr na daoine air seó eile a thabhairt an chéad lá eile. Dúirt sé go dtabharfadh is fáilte agus ghabh sé isteach sa tigh chun a scíth do ligean.

Nuair a d'imigh an slua d'fhéach an bhean ina timpeall agus chonaic mise is mo cheann ar thairseach na fuinneoige; labhair sí os íseal lena fear.

'Nach ait an rud é gur casadh an t-asal sin orainn is gur lean sé sinn agus gur chabhraigh linn an carn mór airgid seo a thuilleamh. Cá mhéad atá agat?'

'Níor chomhairimh mé é go fóill,' arsa an fear. 'Cabhraigh liom. Seo dhuit an carn seo.'

'Tá ocht scillinge is cúig pingine anseo,' arsa an bhean nuair a rinne sí comhaireamh.

'Agus tá seacht scillinge is cúig pingine agamsa. Tá mar sin –. Cá mhéad sin ar fad, a bhean?'

'A hocht is a ceathair sin a dó dhéag – agus a seacht sin fiche – a ceathair is a cúig – sin – ó tá timpeall le tríocha scilling ar fad againn.'

'Is mór an óinseach thú! An amhlaidh a deir tú liom go bhfuil tríocha scilling agam? Ní féidir é! Tar anseo, a mhic; bhí tusa ar scoil, ba chóir go mbeadh a fhios agat.'

'Cad é sin a dúirt tú, a dhaid?'

'Tá ocht scillinge is toistiún sa lámh seo, agus seacht is cúig pingine sa lámh eile, cá mhéad sin ar fad?'

Rinne an mac botún ceart ar an gcomhaireamh chomh maith leis an mbeirt eile agus thug an t-athair 'amadán' air. Bhí sin dona go leor ach chrom sé ar an leaid bocht a léasadh. Chuir sin ar buile mé. Thuig mé ar ndóigh go raibh sé dallintinneach ach níorbh é ba chiontach leis sin.

'Níl aon chineáltas tuillte ag an mbithiúnach fir sin,' arsa mise liom féin. 'A bhuíochas domsa tá dóthain seachtaine aige. Cabhróidh mé leis ag an seó amárach agus ansin rachaidh mé ar ais go dtí an Teach Mór. B'fhéidir go gcuirfear fáilte romham arís.'

D'fhág mé an fhuinneog agus dhruid mé anonn mar a raibh roinnt feochadán milis ag fás ar thaobh an chlaí. D'ith mé mo chuid ansin agus ghabh mé isteach sa stábla. Bhí trí chapall ann romham ins na háiteanna ab fhearr ach bhain mé cúinne dom féin amach mar níor chuir éinne acu suim ar bith ionam.

Um thráthnóna tháinig iníon an óstóra isteach sa stábla féachaint an raibh gach ní i gceart. Thug sí faoi deara nach raibh féar ná coirce agam agus ghlaoigh sí ar ghiolla sa stábla.

'A Sheáin,' arsa sí, 'cuir sop tuí faoin asal bocht seo, tá sé ina luí ar an talamh fliuch. Níor mhiste leat roinnt coirce agus gabháil féir a thabhairt dó chomh maith agus b'fhéidir go bhfuil uisce uaidh.'

'Ó, a bhean uasal,' arsa an giolla, 'tá tú ró-chineálta ar fad. 'Nach cuma duit an bhfuil leaba bhog nó chrua ag an asal? Ní cóir tuí a chaitheamh air.'

'Ní hamhlaidh a mheasann tú go bhfuil mé ró-chineálta má thugaim go leor le hithe duitse, a Sheáin. Ba mhaith liom go dtabharfaí íde mhaith d'fhear is do bheithíoch anseo.'

Ba mhian le Seán tamall a chaitheamh ag caint léi ach dúirt sí leis arís bia is deoch a thabhairt dom.

D'imigh sí léi ansin agus rinne Seán rud uirthi ach caithfidh mé a rá nach le toil a rinne sé é. Le linn dó an tuí a chur fúm phrioc sé mé leis an ngabhlóg. Thug sé an féar is an galún uisce dom. Ní raibh mé ceangailte agus chuimhnigh mé ar éalú as an áit ach cheap mé go bhfanfainn lá eile agus an seó a thabhairt.

Bhí sé déanach maidin lá arna mhárach nuair a tháinig siad do m'iarraidh. Thug mo mháistir mé go dtí páirc an aonaigh mar a raibh slua mór daoine ag fanacht linn. Cuireadh fógra amach an mhaidin sin go mbeadh taispeántas mór i bpáirc an aonaigh an lá sin.

Rinne mé an cleas céanna an lá sin agus babhta rince chomh maith. D'iarr mé ar Sheán teacht amach ag rince liom. Shín mé amach mo chos tosaigh chuige agus ghlaoigh mé air. Ní thiocfadh sé ar dtús ach thosaigh na daoine ag tathant air agus rith sé isteach is léim anseo is ansiúd agus rinne mé aithris air chomh maith agus ab fhéidir liom.

Nuair a d'éirigh mé cortha de na cleasanna d'fhág mé Seán ag rince ina aonar agus chuaigh mé ar lorg báisín chun an t-airgead a bhailiú; theip orm ceann a fháil agus fuair mé cléibhín gan chlúdach agus ghabh mé ar fud na háite agus é i mo bhéal.

Bhí sé chomh lán sin i gceann tamaill gurbh éigean na pinginí a chur i bpóca mo mháistir agus tosú ar an mbailiúchán arís. D'umhlaigh mé do chách agus d'fhan mé go raibh comhaireamh déanta acu ar an airgead. Bhí breis is tríocha scilling ar fad againn. Cheap mé go raibh mo dhóthain déanta agam mar chúiteamh ar an éagóir a rinne mé air cheana agus gur mhithid dom dul abhaile. D'umhlaigh mé do mo mháistir agus as go brách liom ar sodar.

'Féach, tá d'asal ag éalú uait,' arsa an t-óstóir.

'Tá sé ag imeacht ar nós na gaoithe,' arsa Seán.

D'fhéach mo mháistir i mo dhiaidh go faiteach. Ghlaoigh sé orm cúpla uair ach lean mé ar aghaidh.

'Cuir stop leis, ar son Dé,' arsa sé agus creathán ina ghlór. 'Níl slí mhaireachtála agam ach é.'

'Cá bhfuair tú an t-asal sin,' d'fhiafraigh duine de na fir, 'agus an fada atá sé agat?'

'Tá sé agam ó fuair mé é,' arsa mo dhuine.

'Tá a fhios agam ach an fada sin? Tá sé an-chosúil le Napoleon atá ag muintir an Tí Mhóir.'

Thosaigh fear an tseó ag crith leis an eagla agus stad mé chun a dhéanamh amach cad a tharlódh ach séard a rinne sé ná bualadh amach ar an mbóthar agus a bhean agus a mhac ina dhiaidh. Bhí eagla orthu go gcuirfí an ghadaíocht ina leith. Níor lean siad mé ar aon chor ach ghabh siad bealach eile.

Ba mhian le cuid de na daoine rith i ndiaidh an fhir agus breith air ach dúirt siad gur thuill sé a bhfuair sé.

'Maidir le Napoleon,' arsa duine eile, 'buailfidh sé an bóthar abhaile gan dua.'

D'imigh na daoine abhaile ansin. As go brách liom faoi dhéin an Tí Mhóir agus bhí súil agam go sroichfinn é roimh theacht na hoíche ach bhí bóthar fada le cur díom agus b'éigean dom luí síos i gcomhair na hoíche agus mé timpeall le trí mhíle ó bhaile.

Maidin lá arna mhárach bhí mé ar an bhfaiche os comhair an tí roimh na beithígh eile. Tháinig Seáinín amach is chuir fáilte romham ar ais agus dúirt go raibh sé an-uaigneach i mo dhiaidh.

Tháinig na leanaí eile ansin.

'An amhlaidh go bhfuil Napoleon go maith arís?' arsa Caitlín.

'Tá an drochfhéachaint imithe uaidh,' arsa cailín eile.

'Tá sé chomh cneasta le huan,' arsa Eibhlín.

'Ní thabharfaidh sé cic go deo d'éinne arís,' arsa Siobhán.

'Agus ní rithfidh sé i ndiaidh an chapaillín ag iarraidh greim a bhaint as,' arsa Tomás.

Lean siad den chaint sin ar feadh tamaill agus tháinig an garraíodar is ghlaoigh ar Thomás.

'Tá Aibhistín beag ar do lorg thall,' arsa sé.

'Cá bhfuil sé?' arsa Tomás.

'Tá sé sa ghairdín; ní maith leis teacht amach ar eagla go bhfeicfeadh Napoleon é.'

Lig mé osna mhór nuair a chuala mé an chaint sin. Chuir mé scéin cheart sa chréatúr gan dabht. Ní fhaca mé é ón lá sin a leag mé san uisce salach é. Bhí sé ag briseadh mo chroí nach bhféadfainn cuimhneamh ar rud éigin chun a thaispeáint dó go raibh aithrí tar éis teacht orm.

Le linn dom a bheith ag machnamh ar conas a chuirfinn in iúl d'Aibhistín go raibh aiféaltas orm tháinig na leanaí go dtí an pháirc chugam. Thug mé faoi deara gur fhan Aibhistín tamall maith siar uaim is gur fhéach orm go hamhrasach.

'Tá sé chomh te inniu gur dóigh liom nach rachaimid ag siúl,' arsa Tomás. 'Fanaimis anseo sa pháirc faoi scáth na gcrann.'

'Tá an ceart ag Tomás,' arsa Aibhistín. 'Tá mé chomh lag sin ó buaileadh breoite mé nach féidir liom turas fada a dhéanamh.'

'Napoleon faoi deara sin; tá olc aige ort,' arsa Anraí.

'Ní dóigh liom gur cheart an milleán ar fad a chur air. Bhí eagla air roimh rud éigin ar an mbóthar agus baineadh preab as agus leag mise. Ní fuath liom é ach b'fhearr liom gan dul ag marcaíocht air arís.'

Chuir an chaint seo ó Aibhistín náire an domhain orm agus mhéadaigh sé an t-aiféala agam.

Dúirt Caitlín is Máire go mba bhreá an rud é tine a dhéanamh agus picnic a bheith acu. Bhailigh siad brosna i gcomhair tine. Níor las siad an tine nó go socróidís cad a bheadh acu.

'Déanfaimid caife,' arsa Máire.

'Agus gearrfaidh mé an t-arán,' arsa Lugh.

'Cuirfidh mé im is subh ar na slisneacha,' arsa Tomás.

'Gheobhaidh mé cléibhín silíní,' arsa Siobhán.

'Agus gheobhaidh mise feoil fhuarbhruite,' a deir Tomás.

'Gheobhaidh mé sú talún agus uachtar,' a deir Seáinín.

'Leagfaidh mé síos an t-éadach cláir agus beidh mé im' fhreastalaí,' arsa Aibhistín.

Rith siad isteach sa chistin chun na rudaí a bhí uathu a fháil ón gcócaire. Ba ghearr go raibh siad ar ais agus gach uile rud acu.

'Adaigh an tine go tapa, a Aibhistín,' a deir duine acu.

'Cá gcuirfidh mé í?'

'Thall ansin in aice an bhalla,'

'A Aibhistín, rith isteach sa chistin agus faigh caife dom. Rinne mé dearmad air,' arsa Máire.

D'imigh Aibhistín leis agus ar éigean a bhí sé ar ais nó go bhfuair sé ordú is ordú eile.

'Tá mé chomh gnóthach sin,' arsa sé, 'nach bhfuil am agam an tine a lasadh.'

'Tá rud éigin le hól uaim,' arsa Lugh. 'Is tirim an obair í gearradh aráin.'

'Tá tart mór ormsa chomh maith,' a deir Seáinín.

'Agus ormsa freisin,' arsa Siobhán. 'Íosfaimid roinnt silíní.'

Shuigh an ceathrar seo síos agus níor fhág siad silín nár ith siad.

'Tá siad go léir imithe,' arsa leanbh acu.

'Tabharfar íde béil dúinn,' a deir duine eile.

'Cad a dhéanfaimid anois?' a cheistigh Lugh.

'Cabhróidh Napoleon linn,' arsa Seáinín.

'Conas a dhéanfaidh sé sin agus na silíní ite?'

Thaispeáin sé an cléibhín folamh dom agus thuig mé cad a bhí uaidh.

As go brách liom ar sodar go dtí an chistin. Chomh tráthúil agus a chonaic tú riamh bhí cléibhín eile ar thairseach na fuinneoige agus é lán de shilíní. Níorbh fhada an mhoill orm go raibh sé os comhair na leanaí agam. Liúigh siad le háthas nuair a chonaic siad mé ag teacht. D'fhiafraigh na leanaí eile díobh cad ba chiontach leis an sult.

'Napoleon faoi deara é,' arsa Seáinín agus áthas air.

'Éist do bhéal, a dhuine,' arsa Siobhán. 'Beidh a fhios acu cad a tharla do na silíní.'

'Is cuma,' a deir Seáinín, 'teastaíonn uaim a thaispeáint dóibh a chlisteacht atá Seáinín.'

D'inis sé an scéal dóibh tríd síos mar gur chuir siad dúil ins na silíní is gur ith siad iad. Chuir sé síos ar an gcúnamh a thug mé dóibh.

Um an dtaca sin bhí tine bhreá ar lasadh ag Aibhistín agus bhí gach rud réidh i gcomhair na fleidhe.

Tháinig mar a bheadh buairt éigin ar Chaitlín.

'Ó, rinneamar dearmad ar chead a fháil ó mham,' arsa sí.

'Téimis chun cead a iarraidh uirthi,' arsa na leanaí d'aon ghuth.

'Fanfaidh mé anseo chun aire a thabhairt do na rudaí seo,' arsa Aibhistín.

Leorghníomh

Rith siad go dtí an teach is d'iarr siad cead ar mham is daid an phicnic a bheith acu. Tugadh cead dóibh agus ar ais leo ar a ndícheall go dtí an fleá ach ní raibh Aibhistín le feiceáil in aon áit.

'A Aibhistín,' a ghlaoigh siad amach.

'Ag teacht,' a d'fhreagair an glór in airde os a gcionn.

D'fhéach siad suas agus chonaic siad Aibhistín thuas ar bharr crann darach agus é ar tí teacht anuas.

'Cad a thug suas ansin thú?' arsa Tomás. 'Is ait an mac thú.'

Nuair a tháinig sé anuas chucu thug na leanaí faoi deara go raibh sé ag crith leis an eagla.

'Céard atá ort, a Aibhistín?' arsa Máire.

'Mura mbeadh an t-asal ní bheinn féin ná an lón anseo romhaibh; chun mé féin a shábháil is ea a chuaigh mé suas ar an gcrann.'

'Inis dúinn cad a tharla agus conas a shábháil Napoleon d'anam is an lón.'

'Suímis síos i dtosach báire agus cloisfidh sibh. Tá ocras an domhain orm.'

Shuigh siad síos ar an bhféar agus roinn Caitlín an bia. Ní ró-mhaith a d'éirigh an chócaireacht leo ach ba chuma leo. Le linn dóibh a bheith ag caitheamh an bhia d'inis Aibhistín an scéal dóibh.

'Ar éigean a bhí sibh imithe nuair a chonaic mé dhá mhadra mhóra ag déanamh orm. Fuair siad boladh an bhia is dócha. Cheap mé iad a chur siar uaim leis an mbata ach chonaic siad an bia agus níor chuir an bata eagla ar bith orthu. Chaith mé an bata leis an madra ba mhó ach léim sé ar mo dhroim-.'

'Ar do dhroim, an ea?' arsa Anraí. 'Ní foláir nó rith sé timpeall ort.'

'Níor rith,' arsa Aibhistín agus luisne ina leiceann, 'ach chaith mé uaim an bata agus ní raibh aon ní eile agam chun mé féin a chosaint, agus is fearr rith maith ná drochsheasamh.'

'Tuigim,' arsa Anraí go magúil. 'Is amhlaidh go raibh tú ag rith uaidh.'

'Ní raibh mé ach ag dul ar bhur lorg,' arsa Aibhistín, 'agus rith siad i mo dhiaidh go fíochmhar. Rug Napoleon ar an madra ba mhó is chaith uaidh é, agus rith mé suas i gcrann chomh tapa is a bhí i mo chosa. Léim an dara madra faoi mo dhéin agus rug ar mo chóta; sracfadh sé as mé mura mbeadh go bhfuair Napoleon greim ar a eireaball. Ní foláir nó gur bhris sé cloigeann madra acu leis an gcic uafásach a thug sé dó. D'imigh an dá mhadra ansin agus scéin cheart iontu. Bhí mé díreach ag teacht anuas den chrann nuair a tháinig sibhse ar ais.'

Mhol siad go léir mé is thug siad cuimilt bhoise dom.

'Is léir dúinn go bhfuil sé ina asal maith arís,' arsa Seáinín agus bród air. 'Níl a fhios agam an bhfuil grá agaibh air ach is mó ná riamh mo chionsa air. Nach mbeimid go mór leat feasta, a Napoleon?'

Ghlaoigh mé amach 'Hí, Heá' meidhreach agus thosaigh na leanaí ag gáire agus chrom siad ar ithe arís.

Nuair a bhí an lón thart tháinig Aibhistín chugam agus ghabh sé buíochas liom.

Chuir sin áthas mór orm mar ní drochbhuachaill é tar éis an tsaoil. Má bhí sé meata agus dallintinneach ní raibh leigheas aige air, is dócha. Tharla go raibh mé in ann gníomh maith eile a dhéanamh ar a shon tamall ina dhiaidh sin.

An Bád

'Nach míle trua é nach mbíonn picnic againn gach lá faoi mar a bhí againn an tseachtain seo caite. Ba mhór an spórt é,' arsa Seáinín.

'Agus ba mhaith an lón é freisin. Thaitin an bia go mór liom,' arsa Lugh.

'An rud is annamh is iontach. Sin é an chúis gur mhaith linn é.'

'Cad a dhéanfaimid inniu? Tá lá saoire againn, tá a fhios agat.'

'Cad é do mheas ar dhul ag iascaireacht?'

'Ach ní féidir é mar níl slata iascaigh againn.'

'Tá go leor duán is doruithe ann ach níl slata againn chun iad a chur orthu.'

'Seo chugainn Aibhistín. B'fhéidir go bhfuil slata iascaigh sa bhaile aige; féadfaimid iad a fháil.'

'Rachaidh mise ar an asal,' arsa Seáinín.

'Ní ligfear duit dul i d'aonar.'

'Níl sé chomh fada sin; níl sé ach míle go leith.'

'Cad atá uaibh anois?' arsa Aibhistín.

'Tá, slata iascaigh. An bhfuil a leithéidí sa bhaile agaibh?'

'Níl, ach ní gá dul chomh fada sin. Nach féidir linn ár ndóthain a ghearradh le scian sa choill?'

'Maise, is féidir. Nach sinne na hamadáin nár chuimhníomar ar an tseift sin.'

'Gearraimis slata sa choill. An bhfuil sceana agaibh? Tá mo scian féin i mo phóca agam.'

'Tá scian dheas agamsa, féirín a cheannaigh Caitlín dom sa bhaile mór,' arsa Tomás.

'Tá scian agam a fuair mé ó Mháire,' arsa Anraí.

'Tá go maith, téanam oraibh! Gearrfaimid na slata móra i dtosach agus bainfimid an craiceann is na craobhóga díobh ansin.'

'Agus cad a dhéanfaimid a fhad is a bheimid ag fanacht?' arsa duine de na cailíní.

'Faighigí cruimheanna is duáin is ruainne aráin.'

As go brách leo go léir i bhfeighil a ngnótha féin, agus chuaigh mé go dtí an choill agus d'fhan mé ag feitheamh leis na leanaí. Ní raibh siad i bhfad gan teacht agus chonaic mé iad ag déanamh orm agus slata is duáin is uile acu.

'Ceapaim go mba cheart rud éigin a chaitheamh isteach san uisce chun na héisc a chorraí,' arsa duine acu.

'Ní ceart, ní ceart! Ní cóir fothram dá laghad a dhéanamh nó rachaidh na héisc i bhfolach uainn.'

'Ceapaim go bhféadfaimis iad a mhealladh chun éirí le bruscar aráin.'

'Sea, díreach, ach ná caith mórán isteach ar eagla nach mbeadh ocras orthu ar ball.'

'Bíodh na duáin is chuile ní réidh agaibhse agus caithfidh mise isteach an t-arán.'

Ag Eilís a bhí an t-arán. Chaith sí lán glaice isteach is d'éirigh leathdhosaen breac; chaith sí a thuilleadh isteach is d'éirigh éisc mhóra is éisc bheaga; chaith sí an oiread sin isteach go raibh a ndóthain ag na héisc is ní bhlaisfidís an bia.

'Tá eagla orm gur thug mé an iomarca dóibh,' arsa Eilís i gcogar.

'Is cuma sin,' arsa Seáinín. 'Íosfaidh siad an chuid eile um thráthnóna nó maidin amárach.'

'Ach ní bhacfaidís leis na duáin anois ós rud é nach bhfuil ocras ar bith orthu.'

'Ó, a thiarcais, beidh na buachaillí ar buile chugainn.'

'Ná habair focal leo i dtaobh an aráin, tá siad chomh gnóthach ag cur na slata is na doruithe is na duáin i dtreo nár thug siad faoi deara cad a rinneamar.'

'Táimid réidh,' arsa Tomás. 'Caithfidh gach duine againn dorú isteach san uisce.'

Rinne siad rud air agus d'fhan siad ar feadh tamaill gan corraí astu ach níor éirigh breac ar bith.

'Ní maith an áit é seo; téimis tamall níos sia síos.'

'Ní dóigh liom go bhfuil mórán breac anseo mar fágadh an bruscar aráin gan ithe.'

'Téimis go dtí an áit a bhfuil an bád ag ceann an locha.'

'Tá an t-uisce an-domhain ansin. Ba mhór an tubaiste dá dtitfeadh éinne isteach.'

'Cé a thitfeadh isteach? Seasfaimid siar amach ón mbruach.'

'Tá go maith ach ní maith liom na leanaí beaga a bheith ann ar eagla na heagla.'

'Ó, lig dom dul in éineacht libh, a Thomáis,' arsa Seáinín.

'Fan mar a bhfuil agat: ní fada go mbeimid ar ais chugat. Ní dóigh liom go bhfaighimid aon bhreac thall ach chomh beag agus, rud eile,' arsa sé i gcogar, 'mura bhfuil na bric ag éirí, is tú is ciontach leis. Chaith tú isteach an iomarca aráin. Ní sceithfidh mé ort ach is cóir tú a smachtú ar chuma éigin.'

Ní dúirt Seáinín a thuilleadh.

Lean mé Tomás, Anraí is Aibhistín ach ní raibh aon rath orthu an lá úd; níor éirigh breac ar bith.

'Éistigí liom,' arsa Aibhistín. 'Ní cóir dúinn bheith ag fanacht chun go n-éireodh na héisc. Gheobhaimid a lán díobh in aon iarracht leis an eangach.'

'Ach is deacair í a chaitheamh isteach i gceart; deir mo dhaid gur gá an t-eolas agus an cleachtadh a bheith ag duine.'

'Raiméis! Chaith mise fiche uair í gan puinn dua.'

'Ach ar rug tú ar aon iasc?'

'Níor rug mar níor chaith mé isteach san uisce í ach ar an bhféar mar chleachtadh, tá a fhios agat.'

'Ach ní hionann an dá chás. Tá mé cinnte go ndéanfaidh tú botún ceart den chaitheamh san uisce.'

'Bhail, feicfidh tú duit féin. Rithfidh mé faoi dhéin na heangaí; tá sé ar triomú sa chlós.'

'Ná déan, a Aibhistín; dá dtarlódh timpiste ar bith bheadh fearg an domhain ar dhaid.'

'Raiméis, a dhuine, bíodh ciall agat. Déanaimid iascaireacht leis an eangach i gcónaí sa bhaile. Fanaigí liom anseo. Ní dhéanfaidh mé mórán moille.'

As go brách le hAibhistín ansin agus d'fhág an bheirt eile go míshuaimhneach. Níorbh fhada go raibh sé ar ais agus é ag tarraingt na heangaí ina dhiaidh.

'Sin agaibh,' arsa sé, agus leag an eangach ar an talamh. 'Tugadh na héisc aire dóibh féin anois.'

Chaith sé an eangach uaidh go deas is tharraing go cúramach ar ais í.

'Tarraing go teann tapa,' arsa Anraí.

'Ní dhéanfaidh mé,' d'fhreagair Aibhistín. 'Ní mór í a tharraingt mar seo nó brisfidh mé an eangach agus ligfidh mé do na héisc éalú.'

Lean sé den tarraingt agus nuair a bhí an eangach ar thalamh slán aige ní raibh oiread is iasc amháin inti.

'Is cuma,' arsa sé, 'bainimis triail eile aisti.'

Ach theip glan air arís.

'Tá a fhios agam conas mar atá an scéal,' arsa sé. 'Tá mé ró-ghar do bhruach an locha agus níl go leor uisce ann. Rachaidh mé isteach sa bhád fada agus beidh ar mo chumas an eangach a leathadh amach mar is cóir.'

'Ná déan, a Aibhistín. Ná téirigh isteach sa bhád. B'fhéidir go rachaidh an eangach i bhfostú ins na maidí rámha is go dtitfeá féin isteach san uisce.'

'Caint linbh is ea sin. Ní fear meata mise. Feicfidh tú anois.'

Chuaigh sé de léim isteach sa bhád is chuir ag luascadh lascadh í; bhí eagla air ach lig sé air go raibh sé ag gáire. Níor éirigh leis an eangach a leathadh i gceart ach chaith amach í. Chuaigh sí i bhfostú ina ghualainn is tharraing isteach ar mhullach a chinn san uisce é. Thug Tomás is Anraí liú astu. Níor fhéad sé snámh mar dá mhéad únfairt a thug sé is ea is mó a chuaigh sé in achrann san eangach. Bhí sé ag dul síos síos agus thuig mé go mbeadh deireadh leis i gceann cúpla nóiméad eile. Ní raibh snámh ag Tomás ná Anraí agus bhí a fhios agam nach raibh aon bhreith ag éinne eile é a shábháil ach agam féin.

Ní raibh ach aon rud amháin agam le déanamh; léim mé isteach san uisce agus shnámh mé amach faoina dhéin. Rug mé ar an eangach le m'fhiacla agus isteach liom go port agus mé á tharraingt i mo dhiaidh. Ba é mo dhícheall é dul suas ar an bport ard ach d'éirigh liom agus d'fhág mé Aibhistín sínte ar an bhféar agus gan ach an dé ann.

Rith Tomás agus Anraí chuige is thóg siad as an eangach é, is d'imigh Caitlín is Máire ar lorg cabhrach. Chuimil na garsúin aghaidh is lámha Aibhistín agus níorbh fhada gur tháinig na seirbhísigh is thug siad isteach chun tí é.

‘Sin é an t-asal maith,’ arsa Seáinín. ‘Shábháil sé anam Aibhistín gan aon dabht. Léim sé isteach san uisce gan scáth gan eagla.’

‘Rinne gan amhras,’ arsa siad go léir. ‘Agus tharraing sé é aníos go cliste.’

‘Napoleon bocht! Tá tú fliuch báite.’

‘Ná cuir do lámh air, a Sheáinín. Tá sé fliuch.’

‘Is cuma liom, is cuma liom,’ arsa sé agus thug seach grá dom.

‘Ba chóra duit é a thabhairt go dtí an stábla agus é a chuimilt go maith le sop tuí agus gráinnín coirce a thabhairt dó.’

‘Is fíor duit; téanam ort,’ arsa sé liom.

Lean mé Seáinín is Lugh go dtí an stábla agus thriomaigh siad go maith mé agus tugadh mo dhóthain coirce dom.

Tamall ina dhiaidh sin chuaigh mé go dtí an Teach Mór leis na leanaí chun scéala Aibhistín a fháil. Bhí áthas an domhain orm é a fheiceáil ag súgradh ar an bhféar leis na leanaí eile. Rith sé chugam agus dúirt:

‘Bheinn báite mura mbeadh tusa, a Napoleon. Thréig mo chéadfaí mé díreach nuair a rug tú ar an eangach. Chonaic mé tú ag tumadh isteach san uisce agus ag teacht chun mé a shábháil. Ní dhéanfaidh mé dearmad go deo ar a bhfuil déanta agar ar mo shon. Beidh mé go mór leat as seo amach.’

‘Tá an ceart agat, a Aibhistín,’ arsa mam mhór. ‘Is cóir cineáltas a thabhairt d’ainmhí chomh maith le duine. Ní scarfaidh mé go deo le Napoleon.’

‘Ach, a mham mhór, cúpla mí ó shin bhí tú chun é a dhíol leis an muilleoir. Bheadh air obair chrua a dhéanamh ansin.’

‘Féach nár dhíol mé, a chuid! Na droch-chleasanna a d’imir sé orainn a chuir sin i mo cheann. Ní raibh sé go dona i gcónaí. Beidh sé againn feasta agus beidh sé socair sásta go lá a bháis.'

'Go raibh míle míle maith agat, a mham mhór,' arsa Seáinín agus thug sé seach grá chomh mór sin di go mba dhóbair dó í a leagan. 'Tabharfaidh mé aire mhaith do Napoleon agus beidh grá mór aige orm agus agam air. Ní maith liom go dtaitneodh éinne eile níos mó leis ná mise.'

'Agus 'dé cúis sin, a chuid? Ní ceart é.'

'Ó is ceart agus cóir. Níl éinne ann a ghránn é chomh mór liomsa. Tamall ó shin nuair a bhí cách amach leis mar gheall ar na drochghníomhartha a rinne sé bhí cion agam i gcónaí air – cion mór – ' arsa sé agus é ag gáire. 'Nach raibh, a Napoleon?' agus leag sé lámh go cineálta ar mo cheann.

'Agus rud eile de,' arsa sé, 'is mise a thug anseo é agus tá grá tuillte agam uaidh mar gheall air sin.'

'Tá go maith, a chuid,' arsa an tseanbhean agus meangadh gáire ar a béal. 'Nuair nach mbeidh tú anseo ní bheidh ar do chumas aire a thabhairt dó.'

'Ach fanfaidh mé anseo choíche.'

'Ní fhanfaidh tú mar is gearr go mbeidh do dhaid is do mham ag dul abhaile agus imeoidh tusa in éineacht leo.'

D'fhéach Seáinín go brónach orm, chuir sé a lámh ar mo dhroim agus thosaigh ag machnamh. Las a shúile go tobann agus dúirt: 'A mham mhór, an dtabharfaidh tú Napoleon dom?'

'Bhéarfainn aisce ar bith duit ach ní fhéadfá asal a thabhairt leat go Páras.'

'Ní fhéadfainn, ar ndóigh, ach is liomsa feasta é agus má cheannaíonn daid teach ins an tuath, beidh Napoleon linn ann.'

'Tá go maith, a chuid. Fanfaidh sé anseo go dtí sin. Tá gach dealramh ann gur faide a mhairfidh sé ná mo shaol féin. Is leatsa é pé scéal é agus go maire sibh go sásta le chéile.'

NÓTAÍ

1 Féach, Nollaig Mac Congáil (eag.), *Aesóp i gConamara* (Arlen House, 2009).

2 Féach, Máirtín Coilféir (eag.), *An Scéim: an Gúm 1926–2016 Cnuasach Aistí* (An Gúm, 2020).

3 Scéim aistriúcháin an Ghúim.

4 Philip O'Leary, *Gaelic Prose in the Irish Free State 1922–1939* (University College Dublin Press, 2004) 376–377.

5 Féach, Uí Chollatáin, Regina. *An Claidheamh Soluis agus Fáinne an Lae 1899–1932*, leath.195.

6 Féach, 'An Gúm: Coiste na Leabhar – A Scéal Féin,' *Scéala Éireann* (23/11/1932, 4).

7 Oifig Díolta Foillseacháin Rialtais, 1937.

8 8/8/1931.

9 25/6/1932. Tá píosa faoin teideal *Eachtraí Asail* i gcló ar 2/7/1932 ach botún atá ansin. Ábhar eile atá i gceist agus cuireadh an teideal contráilte leis.

Fágadh roinnt caibidlí den bhunleagan Fraincise gan aistriú ach ní measaide an scéal dá bharr.

10 I gcló mar leabhar ag Arlen House (2022).

11 1/10/1922, 4.

12 Is spéisiúil gur aistrigh Cormac Ó Cadhla leabhar de chuid an *Comtesse* fosta, mar atá, *Aindeise Shiobhán* (Ó Fallamhain, 1928) [*Les Malheurs de Sophie*].